El humor de mi vida

PAZ PADILLA

El humor de mi vida

HarperCollins

1.ª edición: abril 2021
2.ª edición: abril 2021
3.ª edición: abril 2021
4.ª edición: abril 2021
5.ª edición: mayo 2021
6.ª edición: mayo 2021
7.ª edición: mayo 2021
8.ª edición: junio 2021

Editado por HarperCollins Ibérica, S. A.
Núñez de Balboa, 56
28001 Madrid

Citas en las páginas 176, 177, 178, 184, 188, 189, 190, 191, 193, 207, 208, 209 y 212 extraídas de:
El LIBRO TIBETANO DE LA VIDA Y DE LA MUERTE
©2002 by Rigpa Fellowship
©2021, Ediciones Urano, SAU
Traducción de Jorge Luis Mustieles.

Las citas de la AECC (Asociación Española Contra el Cáncer) han sido extraídas de www.aecc.es

Las menciones a Rafael Santandreu han sido autorizadas por el propio autor.

Las menciones a Enric Benito y a www.alfinaldelavida.org han sido autorizadas por el propio autor.

Revisión editorial: Paco Gómez Padilla
Diseño de cubierta: CalderónStudio
Diseño de interiores y maquetación: Raquel Cañas Hernández
Foto de la autora: Iván Martín

ISBN: 978-84-9139-620-8
Depósito legal: M-1041-2021
Impreso en España por: BLACK PRINT

A mi Antonio,
por su generosidad, su bondad,
su honestidad, su integridad,
su fuerza, su luz,
por hacerme sentir única,
por amarme tanto.
Contigo no le faltaba ninguna pieza al puzle,
eras perfecto.

Índice

Prólogo: Vivir, reír y aprender a morir,
por ENRIC BENITO 11

Prólogo: Convertir nuestra mente en un Ferrari,
por RAFAEL SANTANDREU 19

Prólogo: Caminar desde el corazón,
por VERÓNICA CANTERO 25

El humor de mi vida

Introducción: Amor, muerte y humor 29

1. El largo y la larga 35

2. Veinte años no es nada 45

3. Sodoma y Maldivas 53

4. Con papeles 65

5. ¿Has oído lo mismo que yo? 73

6. No estamos preparados para morir 83

7. Primeros contactos 99

8. Solo sé que no sé nada 109

9. Mzungu 123

10. Tarzán 141

11. Negacionismo 161

12. El arte del buen morir 173

13. La nueva percepción 199

14. Doña Lola 217

15. ¡Qué lástima de ella! 227

16. Tes quiero may lof 243

Agradecimientos 268

Biografía de Paz Padilla 271

Vivir, reír y aprender a morir

La vida es una caja de sorpresas. En julio de 2020 me llamaron de la Sociedad Española de Cuidados Paliativos pidiendo permiso para dar mi teléfono a alguien que insistía en querer hablar conmigo. Se trataba de una actriz que hacía pocos días acababa de perder a su marido, y conocía mis vídeos en YouTube. La intermediaria añadió de su cosecha que la pobre debía de estar muy afectada y suponía que pedía apoyo para su desconsuelo.

Se trataba de Paz, que me llamó al cabo de unas horas, y desde el primer instante desmontó la falsa alarma de «posible viuda desconsolada pidiendo apoyo para un duelo complicado». Con su voz cantarina, llena de energía y entusiasmo, lo primero que me dijo —acentuando y alargando la i— fue:

—¡ENRÍÍÍÍC!, cuántas ganas tenía de darte las gracias por lo muxo que m'has ayudado con tus vídeos pa podé acompañá a mi Antonio.

Me sorprendió su madurez, su vitalidad y coraje, y me alegré del cambio de perspectiva de «ayudar a alguien que estaba sufriendo» por la de poder compartir la experiencia que se da en estos momentos y que pocos llegan a descubrir.

Tuvimos una larga conversación en la que comprobé que Paz, acompañando a su amor hasta el borde del misterio que es el morir, había hecho un proceso personal que había cambiado su mirada sobre la vida. Estaba conmovida por ello e interesada en hablarlo con alguien que pudiera entenderlo.

Tras años viviendo estas experiencias a pie de cama, algunos hemos comprobado que el amor es más fuerte que la muerte, y que quien se acerca sin miedo y con amor a acompañar el proceso de alguien querido, a menudo se encuentra con el regalo de aprender directamente que la muerte no existe y sale transformado. Sufre lo que se ha llamado una metanoia, un cambio de perspectiva.

Cuando el que se va lo hace en paz, en la medida que estás conectado con él, puedes recibir esta herencia de sentir la continuidad de lo importante, la solidez de lo sutil y la inefabilidad de lo trascendente, y esta experiencia te cambia la vida.

Me pareció una maravilla que alguien con la energía, sensibilidad y potencial impacto social de Paz pudiera haber vivido este proceso. Y me alegré de haber podido ser de alguna ayuda.

Desde el principio, Paz ha tenido claro que lo que ha vivido y aprendido con esta experiencia no es algo que quiera quedarse solo para ella, y que lo quiere compartir, quizás por darse cuenta del sufrimiento que se asocia a la ignorancia tan extendida de algo tan importante como que la vida no tiene final.

Después de esta primera conversación tuvimos otras y en una de ellas me pidió algo que me volvió a sacar de mi zona de confort: me invitó a acompañarla en un programa de televisión que nunca veo, y traté de escabullirme diciéndole que mi hija no me lo perdonaría, ya que en casa somos más bien del ámbito académico y los programas de telerrealidad no tienen ningún prestigio. Su perseverancia me hizo ver que había algo en lo que ambos, Paz y yo, coincidíamos: en la necesidad de mostrar a la gente una nueva perspectiva del morir que nos llevará a una mayor comprensión del vivir. Y pasando por encima de mis reservas, acabé apareciendo en *Sálvame Deluxe* para apoyar a esta mujer —ya amiga—, cuyo coraje la llevó a mostrar públicamente, a los pocos meses de haber fallecido su marido, una manera sana, realista, constructiva y sin titubeos —a pesar del entorno en que se movía— de cómo afrontar una pérdida y salir con mayor sabiduría.

En otra de nuestras charlas, Paz me dijo:

—Quiero escribir un libro sobre mi experiencia.

Y supe —la intuición es la forma en la que me llega la verdad— enseguida que sería algo que valdría la pena y me aboné a hacerle el prólogo, y aquí me tenéis.

Vamos al libro. En primer lugar, gracias, Paz, por tu generosidad y tu coraje para mostrar al mundo tus recuerdos, reflexiones y experiencias, frecuentemente íntimas y siempre cercanas, auténticas y a menudo conmovedoras. Lo he leído casi de un tirón y me he conmovido, he sentido ternura —¡cómo me hubiera gustado conocer a tu madre!— y a veces se me ha puesto un nudo en la garganta, pero sobre todo he reído muchísimo.

Dicho esto, que es lo importante, pasando de lector a prologuista se supone que debo decir algo menos personal o más profesional sobre el libro y añadiré un par de cosas en este sentido.

Mari Paz: el relato es una de las formas de liberación de la tensión, y la descripción elaborada de una experiencia como esta, además de dar sentido a lo vivido, también muestra un camino —el que has transitado a través del dolor, el amor y el humor— que puede servir de guía para que otros aprovechen tu vivencia y que les va a llegar fácil y hondamente.

En el morir, como en otras situaciones graves de la vida, hay dos cosas que resultan útiles: el sentido común y el sentido del humor. El humor ayuda a aliviar la atmósfera, a situar el proceso de morir en su auténtica perspectiva y a desmontar la intensa seriedad de la situación.

Creo que el humor en la medida que es sabio y surge del amor nos transporta a un nivel de conciencia que relativiza la realidad, y supone una forma de inteligencia amorosa que nos conecta rápidamente con lo más íntimo de nosotros y nos abre para, suavemente, integrar el dolor, aceptar la pérdida y mantener la perspectiva de que somos más que nuestro sufrimiento. A través del humor, en los momentos difíciles, este nos ayuda a percibir que la vida que nos sostiene no se cierra con lo que ahora parece que nos arrastra o nos golpea, hay otra forma de ver y esta mirada se abre con la puerta de la risa, de la alegría, que no es incompatible, como bien dice Paz, con la tristeza propia del duelo.

Entre risas, bromas y cachondeo, Paz va colando pistas de cómo mantener el coraje y la confianza en mitad del aparente caos. Muestra cómo el sentido común y el sentido del humor son importantes, pero no son los únicos, y nos explica su atracción e interés por la meditación o nos deja perlas de sabiduría como: «La tristeza no es un antónimo de felicidad. No son incompatibles, no por estar triste no puede una ser feliz. La tristeza es parte natural del proceso del duelo y, como parte natural, debemos aceptarla, dejar de resistirnos».

Hay capítulos que me han parecido sublimes, no os perdáis el maravilloso discurso de Paz en el funeral de Antonio, ¡no me extraña que desde el otro barrio le mande su perfume! —¡Ya lo entenderéis cuando lo leáis!—.

Y nos comparte cosas que, desde una perspectiva estándar, es decir, de la de alguien que no ha sufrido o que no ha sabido integrar y trascender el sufrimiento, pueden parecer afirmaciones insólitas, como cuando dice: «Y este año he aprendido a celebrar la muerte. A no tenerle el más mínimo miedo. A aceptar el inevitable curso de la vida. A acompañar en su viaje a los seres queridos con amor. Un amor puro, blanco, inagotable. A quererme y cuidarme. A disfrutar del mínimo detalle de belleza y de bondad del presente inmediato. Y lo que la experiencia me ha enseñado es que, para aprender tanto, lo único que no puedes olvidar es reír».

Esto lo tenéis garantizado si empezáis el libro, espero, como desea Paz, que también os sirva para «reflexionar sobre la importancia de vivir, de lo efímero de nuestro paso por este mundo»; aceptar «que debemos prepararnos para nuestras venideras muertes».

A menudo me piden algún libro para alguien que ha sufrido una pérdida reciente sobre cómo elaborar el duelo, y lo que conozco y solía recomendar son del estilo de autoayuda, que estando bien no acaban de cumplir mis expectativas. Ahora sé qué libro les voy a recomendar: ¡¡ESTE!!

¡GRACIAS, PAZ, en nombre de todos los que vamos a disfrutar y aprender de esta experiencia que nos regalas!

DR. ENRIC BENITO

Convertir nuestra mente en un Ferrari

Desde niño he querido ser científico. Por lo menos desde que leí *El origen de las especies*, de Charles Darwin, a los catorce años de edad. Y nunca he creído en supersticiones, fantasmas ni milagros. Solo en lo que mis ojos pueden ver y mis sentidos, comprobar. Sin embargo, he tenido en mi vida la increíble oportunidad de saber que la magia existe. O algo muy parecido a la magia: el poder del pensamiento para modelar nuestra mente, nuestra vida emocional, nuestra felicidad.

El filósofo Epicteto, en el siglo I de esta era, nació esclavo. Sus padres eran esclavos y él fue vendido, siendo un bebé, a un nuevo amo que se lo llevó lejos, a la capital del imperio, Roma.

Enseguida se constató que el pequeño era superdotado. Aprendió a leer y escribir, solo, antes de los cuatro años y no dejó de dar muestras de genialidad nunca. Pero su mayor hazaña fue que, aunque esclavo, él estaba decidido a ser feliz.

Y así el pequeño Epicteto descubrió que la felicidad está en la mente y no en los hechos que nos acaecen. Suya es la frase: «No nos afecta lo que nos sucede, sino lo que nos decimos acerca de lo que nos sucede». Yo me dedico desde hace más de veinte años a ayudar a la gente a hacer ese mismo descubrimiento. A darse cuenta de que si le deja su esposa y se deprime no es porque le haya dejado, sino por lo que se dice después: «¡Dios, nunca volveré a ser feliz! ¡Qué horror, estoy solo!», etc.

Aunque parezca mentira, he visto, una y otra vez, que todo depende de nuestro diálogo interno, de nuestra valoración de lo que nos pasa. Y las personas más fuertes y felices, como Epicteto, saben que suceda lo que suceda, ellos podrán hacer cosas valiosas por sí mismos y por los demás. Su filosofía les hace inmensamente fuertes; muy armónicos; supercapaces de amar.

Cuando era joven, yo también —como muchos— me agobiaba por pequeñeces, tenía miedos irracionales y me quejaba sin parar. Pero tuve la fortuna de descubrir la psicología cognitiva —o del pensamiento— y desde entonces mi vida emocional no ha dejado de mejorar.

El año pasado, como Paz, tuve una pérdida importante. Falleció mi padre después de una larga enfermedad. Y durante tres días sentí una enorme pena: la mayor tristeza que he experimentado nunca. Pero al mismo tiempo fue una experiencia hermosa. Mis cuatro hermanos y mi madre estuvimos especialmente unidos. Mis amigos y familiares estuvieron allí. Y, dentro de mi corazón, sabía que a mi padre no le había sucedido nada malo. Juntos honramos su memoria y nos emplazamos para amarnos con el mismo amor que aprendimos de él. Y le dijimos un «hasta pronto» porque sabíamos que la vida pasa tan rápido que, en nada, estaríamos todos juntos otra vez.

Pasaron esos días y mi corazón estuvo de nuevo en forma y plenamente feliz. Pienso en mi padre muchas veces y hablo con él, y no siento pena ninguna. Al revés, alegría por haberlo tenido cerca tanto tiempo. Sé que de no haber sido por mi autoeducación emocional con psicología cognitiva no hubiese llevado tan bien su pérdida. Y esa es solo una de las maravillas que se consigue con esta magia llamada inteligencia emocional.

Y no solo es algo que me ha sucedido a mí. He recibido cientos de cartas de lectores de mis libros que me han relatado experiencias similares; personas que, tras educarse mentalmente, han visto un poco asombradas cómo enfrentaban la vida —y la muerte— de otra forma.

Con la filosofía personal correcta, la vida es muy fácil. Con los pensamientos adecuados, solo vemos abundancia y oportunidades. Con la actitud propia de los más fuertes y felices, todo es un juego apasionante. Pero antes hay que estudiar, conocer bien la mente y entrenarse para que funcione como un Ferrari.

Paz es una de esas personas que tiene un motor Ferrari en la cabeza. Tuvo una gran maestra, su madre, que le dio su primera licenciatura en inteligencia emocional. Pero luego supo inscribirse en todos los másteres que le ofreció la vida.

Ahora, en esta nueva etapa que le ha tocado vivir, Paz no se ha quedado atrás. Y ha aprovechado lo que el universo le ha enviado para aprender a amar todavía más.

Paz me encanta. Es inteligente, divertida, positiva, amorosa, bella y, encima, generosa. Tanto que no puede aguantarse de querer transmitir su alegría de vivir a los cuatro vientos. Y desde hace un tiempo, no deja de repartir el mejor regalo que podemos dar a los demás: una visión pletórica y radiante de la vida, una maravillosa filosofía del buen vivir.

Brindo por ella.

RAFAEL SANTANDREU
Psicólogo y autor de *Nada es tan terrible*

Caminar desde el corazón

Mari Paz Padilla nos está regalando un maravilloso tesoro, su experiencia de conexión profunda con el amor desde uno de los grados más elevados, el humor y la compasión.

Cuando conocí a Antonio en mi consulta era un hombre incrédulo y lleno de dudas con respecto a lo que le ocurría; eso sí, sabía perfectamente que a pesar de no estar muy convencido de lo que esas sesiones podrían influir en él, estaba dispuesto a hacer lo que Mari Paz le había dicho que hiciera, y por ese amor que sentían el uno hacia el otro aceptó comenzar conmigo un viaje que no sabíamos dónde iba a llegar y hasta cuándo sería.

Después de llevar un tiempo conmigo tratando su experiencia de vida, me dijo:

—Verónica, yo no sé muy bien cómo va esto, pero sé que me siento en paz, me siento tranquilo. —Ese fue un hermoso regalo, eso y la sonrisa que lo acompañaba.

Mari Paz Padilla ha conocido el dolor de ver cómo «el amor de su vida» se iba sin previo aviso, y también ha conocido el dolor de despedir a una madre, ha respetado ese dolor y lo ha aceptado de la forma más hermosa: abrazando el momento sin juicios, ni temores, sin comparaciones, ni deseos de que termine, simplemente ha permitido que ese dolor, al ser aceptado y escuchado, tomara la forma más elevada, AMOR, un amor que no se puede explicar, pero que te invita a celebrar la vida, te invita a reír, te invita a entender, te invita a compartir con otros para poder ayudarlos con su experiencia, te invita a la calma, pero, sobre todo, te invita a transformarte y continuar la vida desde una visión diferente, una visión más amorosa y plena, una visión de gratitud y paz.

Es para mí un honor y un regalo haber estado en la vida de Antonio, es para mí una bendición estar compartiendo camino con Mari Paz y haber sido testigo en palco principal de todo el proceso que ha vivido.

Lo que vais a encontrar aquí son lágrimas de amor, humor y valentía, así que preparaos el mejor sillón de casa para disfrutar de cada página de este libro.

VERÓNICA CANTERO

El humor
de mi vida

Amor, muerte y humor

Isabel Allende nos dejó para la posteridad una entrevista realizada en la primavera de 2020, al inicio de la vorágine pandémica. En ella reconocía que uno venía al mundo a perderlo todo, y que cuanto más se vivía, más se perdía. Se perdía el miedo a ver morir a los padres y a la gente querida. También aseguraba que era un error vivir con temor por algo que aún no había ocurrido y que lo que debíamos hacer era gozar de lo que tenemos y vivir el presente.

La escritora chilena afirmó que cuando falleció su hija Paula, hace veintisiete años, le perdió el miedo a la muerte para siempre. Al verla morir en sus brazos se dio cuenta de que era como el nacimiento, una transición.

Algo tan obvio como difícil de aceptar. Dice la letra del famoso bolero que veinte años no es nada; sin embargo, dos mil veinte años —después de ver cómo fue 2020— algo sí que es.

El 2020 fue un año de pérdidas. Sin previo aviso, perdimos contacto físico, sufrimos pérdidas económicas, perdimos libertades de algún modo, perdimos trabajos, sin darnos cuenta, perdimos derechos, perdimos el tiempo, perdimos vidas humanas y estuvimos a punto de perder los papeles. Todo menos el miedo. Este no solo no se perdió, sino que parece haberse convertido en una epidemia paralela con una curva en pleno crecimiento exponencial, para la que no existe una vacuna antimiedo ni se la espera.

En cualquier medio de comunicación o reunión hemos oído cómo se catalogó el 2020, como un «año bisagra». Un año de profundos cambios en nuestras vidas. En mi caso, si hay que apodarlo como año bisagra, la bisagra es del tamaño de las que articulan la puerta de la catedral de Santiago de Compostela. Se hace constante referencia a la importancia de este «punto de inflexión» en nuestras vidas. Sin embargo, no nos hemos parado a pensar en la nula utilidad de un punto de inflexión si no va acompañado de un punto de reflexión. De una pausa, de un análisis, de una introspección.

Al principio no dejaba de oír «de esta saldremos mejores». La pandemia ha puesto de manifiesto el deseo latente generalizado de modificar un modelo socioeconómico injusto e insostenible, al que se le han visto las vergüenzas a las primeras de cambio. Si salir mejores como sociedad implica desarrollar una mayor consciencia colectiva y solidaridad con el prójimo, de momento vamos de culo. Una cosa es el deseo de cambio y otra la voluntad de cambio. Para que se produzca un cambio debe existir una voluntad de cambio real. Aparte del intento de anulación que el sistema convenientemente ejerce sobre nosotros por sistema —valga la redundancia—, el principal impedimento para el cambio individual sigue siendo el miedo. Vivimos con miedo.

Como algunas y algunos sabréis, en un breve espacio de tiempo de ese maldito año me tocó asumir dos enormes pérdidas imposibles de reemplazar: mi madre y el amor de mi vida, Antonio. No sé si por azar del destino o por la gracia de Dios —que está sembrao— tuve que enfrentarme al miedo más ancestral del ser humano: el miedo a la muerte.

En la conmovedora novela *Paula,* donde Isabel Allende relata su vivencia acompañando a su hija en su enfermedad hasta la muerte en sus brazos, escribió que lo que no dejaba para la eternidad escrito en el papel se diluía en sus recuerdos. Comparto con ella una idéntica desconfianza en la memoria. Han bastado solo más de cuarenta años de constantes despistes. Así que, debido al deseo, o mejor dicho, a la necesidad de salvaguardar este fragmento de mi vida, he decidido aplicarme su misma terapia y protegerlo del paso del tiempo sobre el papel. Para siempre, para mí y para quien lo requiera.

Amor, muerte y humor. De eso trata este libro. Tres palabras que escapan a las alambradas que los seres humanos nos empeñamos en construir en torno a ellas. Tres palabras destinadas a coexistir. Uno no se muere de amor, como se suele decir, se muere si no ama, y para poder morir sin miedo, es necesario amar la vida.

Tampoco puede negar nadie que el arma de seducción masiva más potente es la comedia. Nada genera un vínculo tan fuerte entre dos personas como reírse juntas de cualquier cosa, por estúpida que sea. De la misma manera que no se hace humor sin amar al ser humano, sin querer hacer feliz a otras personas, ni es posible hacerlo con miedo. No se puede reír con miedo. La manifestación del humor es una consecuencia directa de la inteligencia. Parte de una idea u ocurrencia del cerebro que provoca placer al mismo. Un sofisticado mecanismo evolutivo que el hombre ha desarrollado para esquivar los miedos instintivos. Cuando logramos racionalmente reírnos de nuestros miedos, estos desaparecen. Por tanto, amor y humor son los dos únicos mecanismos que conozco para perder el miedo a la muerte, y, sin la muerte, quién sabe si merecería la pena todo lo demás. Para crecer necesitamos conocer, investigar, profundizar y hablar sin tabúes con más frecuencia en nuestra vida diaria sobre estas tres palabras.

En las siguientes páginas, que en el momento de escribir esto no sé cuántas serán al final, no esperéis encontrar, queridas y queridos lectores, una morbosa tragedia romántica de sufrimiento y dolor. Si era justo lo deseado, soltadlo de inmediato. Shakespeare está al fondo del tercer pasillo, en el segundo estante a mano derecha. Aquí encontraréis una historia de amor contada con humor, sin pelos en la lengua, sin tapujos y, lo más importante, sin miedo. Un viaje en el que he aprendido sobre la vida, el amor, el acompañamiento a un paciente moribundo, la muerte y sobre mí misma más de lo que nunca imaginé. Espero que lo disfrutéis y que, llegado el caso, os sirva de ayuda.

1

El largo y la larga

Tenía catorce años, la edad en la que las niñas contemplamos cómo se producen una serie de cambios en nuestros pueriles cuerpos para convertirnos en las bonitas, finas, correctas y complacientes mujeres que seremos el día de mañana. La edad en la que solo pensamos en encontrar un príncipe azul que nos haga felices y nos complete; porque las mujeres venimos de fábrica como un puzle del mercadillo al que le falta una pieza cuando lo compras. O eso era lo que, para mi asombro, me inculcaban que debíamos ser. Digo para mi asombro porque yo era totalmente lo contrario al anticuado estereotipo de adolescente. Era una niña en proceso de colonización por una legión de hormonas, sin piedad ni oposición, que disfrutaba riéndose a carcajada limpia con palmas incluidas y jugando al escondite, al matar o a cualquier otro juego que implicase cierta probabilidad de acabar lesionada o con las gafas rotas. Era lo que en mi Cádiz natal se conoce como un manojo de nervios o un culo inquieto: me escapé de casa con una barra de pan y otra de mortadela y casi mato a mi madre del susto, prendí fuego a mi casa jugando con una caja de cerillas bajo la cama. Cosas de críos.

Con respecto a mi apariencia física, solo comentar que a pesar de las enormes gafas redondas que reposaban sobre mi pronunciada nariz, me decían la Larga. Así sería de desgarbada para que primara ese apodo sobre las demás peculiaridades aspirantes al trono.

Eran los años ochenta. Una década que se recuerda por sus importantes avances y cambios, tanto sociales como culturales, pero también por la llegada al país de nuevas drogas que se acompañaron de un repunte en el índice de delincuencia. Mi hermano mayor, Luis, viendo que me pasaba las horas jugando en la calle y mi propensión a meterme en líos, me intentaba proteger.

—Paz, tienes que apuntarte con nosotros a los scouts que si no te vas a perder. Que allí

la gente es sana, no fuma y en la calle no
hay nada bueno…

Luis era igual de bullanguero que yo, o peor. Era
yo con dos años más de experiencia. No obstante,
sentía cierta obligación de protegerme como hermano mayor y se repetía como un mantra budista
«tengo que salvar a mi hermana, tengo que salvar
a mi hermana…». Y como dice un dicho, que si no
es budista, da el pego: «La gota de agua perfora la
roca, no por su fuerza, sino por su constancia». Me
apunté en los *scouts* por no escucharlo.

El primer día que lo acompañé a la sede de su
grupo Cruz del Sur nos pusieron en corro para ini-
ciar una ronda de presentaciones al más puro estilo Alcohólicos Anónimos. Me sorprendió ver algunas caras conocidas que no sabía que estaban allí
—como en Alcohólicos Anónimos— y decidí colocarme junto a una amiga del colegio. Inspeccioné
de reojo a todas y todos, pero mi mirada se detuvo
en él. Un chaval moreno con vaquero ajustado y
camisa de cuadros metida por dentro del pantalón.
«Qué guapo. Qué alto. Qué fuerte», me dije. Si no
era mi alma gemela, era melliza por lo menos, porque hasta se parecía un poco a mí con las gafas y
la cara afilada. Pero qué guapo. Y qué alto. Y qué
fuerte. El Largo y la Larga. ¡Pegábamos un montón!

—Ese pa mí —le dije a mi amiga.

Con el paso de los años Antonio me confesó un día que recordaba perfectamente ese momento porque al verme pensó: «¡Hostia! ¿Quién es esa loca?».

Durante los meses de verano los grupos *scouts* suelen hacer un campamento en el bosque donde se realizan rutas de senderismo, juegos, talleres y todo tipo de actividades colectivas. Una de las noches de mi primer campamento los monitores programaron un juego que simulaba el programa de televisión de la época *Lo que necesitas es amor*. En él, una concursante con los ojos vendados tenía que realizar varias pruebas a ciegas a cinco candidatos y escoger a uno al final. ¿A que no adivináis quién fue elegida concursante de todo el campamento? Mejor dicho, ¿a que no adivináis quién dio la tabarra al monitor hasta que la eligieron concursante por pesada? Y a que no adivináis quién presionó insistentemente al monitor hasta que consiguió que uno de los candidatos fuera Antonio, diciéndole:

—Por favor, que esté él. El resto me da igual, pero que esté él.

Correcto. Sobra decir el nombre de la azarosa elegida. Mientras me colocaban la venda yo le preguntaba al monitor:

—¿Qué número es? —susurraba casi sin mover los labios.
—¿Quién? —respondió en el mismo tono.
—Antonio, ¿quién va a ser?
—Ah, el tres.
—Muchas gracias, muchas gracias, de verdad.

Y empezó el juego. Tiré de dotes interpretativas fingiendo no saber las identidades durante las pruebas, aunque aprovechaba la información para hacer coincidir mis gustos con los del número tres o para palparle más de la cuenta.

—Finalmente, ¿a qué candidato vas a escoger, Paz? —preguntó el monitor que hacía las veces de presentador.
—¡El tercero!
—¡Has elegido a Antonio!
—¡Anda, no me lo esperaba! ¡Qué bien!

El premio que con tanto esfuerzo gané era una cena juntos en una mesita ligeramente apartada del resto del grupo, adornada con flores silvestres y velas. Eso sí, para cenar teníamos el mismo menú que los demás: espaguetis con tomate de bote. Pero yo me sentía la protagonista de *La dama y el vagabundo*. Estaba loca porque fuésemos comiendo, sin darnos cuenta, el mismo espagueti hasta acabar besándonos. Aunque me llenara la cara entera de tomate. Para disimular, yo decía:

—Hay que ver cómo es el destino… Está claro que el destino nos ha unido…

Y en cierto modo quién sabe si no hay algo de verdad en esa frase. Quién sabe si nos unió el destino o si eso que llamamos destino no es más que una expresión de la voluntad propia que no terminamos de comprender. La manifestación de que anhelamos tanto algo que ponemos de nuestra parte para conseguirlo de manera inconsciente. O consciente en este caso, que soy una tramposa. Así que varios días después lo busqué, o acorralé, como prefiráis, y le pregunté:

—Escucha, ¿tú quieres salir conmigo?
—Bueno… Vale —respondió dudando unos segundos.

Me hizo la persona más feliz del mundo. De repente me encontraba flotando en una nube. ¡Tenía novio! ¡Y qué guapo, qué alto, qué fuerte! Hoy todavía le agradezco que en ese momento me ocultara lo que pensó. Sería también años más tarde cuando me contó que al oír mi pregunta su pensamiento fue: «Puf… Por algún lado hay que empezar. No voy a pretender comenzar por Michelle Pfeiffer».

Haciendo memoria, si tengo que resaltar algo del inicio de nuestra relación, no fueron los paseos por la playa viendo las puestas de sol agarrados, precisamente. La imagen que se me viene a la cabeza es los dos dándonos el lote horas y horas. En el parque, en la casa, en un autobús, en la calle. Donde fuera. Qué dolor de mandíbulas al día siguiente. No teníamos dos bocas, eran dos lavadoras centrifugando. No estoy exagerando. Una vez estuvimos enrollándonos con ferocidad en la Alameda, en Cádiz, un bello paseo con jardines rodeado por el mar de la bahía. Como entre las gafas y el tamaño de nuestras narices aquello se convertía en deporte peligroso con riesgo de causarnos cortes y heridas, dejamos los dos pares de gafas en la balaustrada que da al mar. Después de horas, cuando palpamos la balaustrada a tientas, nos dimos cuenta de que debíamos haberlas tirado al agua de un pasional codazo. Entre mis veinte dioptrías y las pocas que él tuviera por aquel entonces, se puede imaginar el tiempo que nos costó llegar a casa tanteando las aceras, bordillos, paredes, escaparates y cuantos obstáculos existen en una ciudad. Nos consolábamos pensando que les habíamos curado la miopía a dos mojarras.

Crecimos juntos. Descubrimos juntos la sexualidad de la manera más sana que existe. Con muchísimo amor, cariño y respeto. Aprendimos todo, cada uno de la mano del otro. De la mano o de lo que hiciera falta, no sé si me explico.

Antonio comenzó a estudiar la carrera de Derecho algunos años después. Me dijo que había estudiado en Derecho Canónico que, hace siglos, para unir en matrimonio a dos personas —de distinto sexo, por supuesto, ¡faltaría más!— solo era necesario hacer el casamiento ante los ojos de Dios. Más tarde fue la Iglesia católica la que se encargó de realizar el censo del número de matrimonios y regularizar el procedimiento para tener controlado al personal. O algo así entendí yo. Entenderle cuando hablaba de asignaturas o de algún problema que le rondara la cabeza relacionado con su carrera era igual de difícil que descifrar a la primera un discurso de Mariano Rajoy. Cuando supimos que había una opción de casarse sin necesidad de consentimientos paternos, papeles o dinero, no nos lo pensamos dos veces.

El siguiente domingo por la mañana fuimos a misa en la iglesia de San Antonio, en misión secreta especial como dos espías del KGB, dispuestos a casarnos en secreto. Nos arrodillamos en los bancos, nos tomamos de la mano y, con cuidado de no ser expulsados del templo, nos susurramos:

—Antonio, ¿quieres recibir a Mari Paz Padilla Díaz como esposa, y prometes serle fiel en la prosperidad y en la adversidad, en la salud y en la enfermedad, y así amarla y respetarla todos los días de tu vida?
—Sí, quiero. Y tú, Mari Paz, ¿quieres recibir a Antonio Juan Vidal Agarrado como esposo y prometes serle fiel en la prosperidad y en la adversidad, en la salud y en la enfermedad, y así amarlo y respetarlo todos los días de tu vida?
—Sí, quiero. ¿Ya?
—Eso creo… Ah, no. Puedes besar a la novia.

Y nos besamos a escondidas.

2

Veinte años no es nada

Esa fue la primera de nuestras cuatro bodas. Ante Dios. Quién me lo iba a decir. Antonio se había criado en una familia creyente, de corte más bien conservador. Sus padres eran bastante más religiosos que los míos e infinitamente más religiosos que yo. De hecho, no sé si por aquel entonces veían con buenos ojos que su hijo saliera conmigo: un torbellino deslenguado, sin ningún tipo de vergüenza ni pudor, para hacer payasadas por donde quiera que iba.

Recuerdo que la comunicación con su padre no se extendía más allá de unos cordiales «buenos días», «buenas tardes», «adiós» o un «¿quiere usted leer el periódico?». Yo, por hacer tiempo hasta que

Antonio terminaba de arreglarse, cogía un ejemplar de la mesa camilla y me dedicaba a pasar las páginas asintiendo con la cabeza o soltando expresiones genéricas en voz baja como «puaj, siempre igual…», «se veía venir…».

En aquella época, aunque no lo expresara, en más de una ocasión lo noté cohibido por mi alocada forma de ser, incluso algo avergonzado delante de amigos o familiares. Con los conocimientos actuales comprendo —que no justifico— que hemos sido educadas y educados en los valores de una sociedad heteropatriarcal. Valores grabados desde la cuna que requieren de una educación, voluntad de mejora y autoevaluación constante. Valores sobre los que chirriaba mi manera de ser en ocasiones. Si empezaba a llover, yo abría el paraguas y bailaba a su alrededor cantando una macarrónica versión de *I'm singing in the rain* sin importar que todos me miraran en mitad de la calle. Me dedicaba a ser feliz sin afectarme mucho lo que pudieran pensar. Explico esto para que pueda comprenderse mejor el motivo principal de nuestra ruptura tras doce años de puro amor.

Como ya he aclarado en alguna otra ocasión, mi salto a la fama se produjo de casualidad. En 1994 me seleccionaron para participar en *Genio y figura*, un programa de humor de televisión de nueva creación que se emitiría en Antena 3. Por aquel entonces yo trabajaba como auxiliar de enfermería en el Hospital Puerta del Mar de Cádiz, y en una tarde libre acompañé a un *casting* en Sevilla a mi cuñado, el Gran Malakatín, mago de profesión. Por hacer tiempo me metí en el *casting* de al lado. Se trataba de contar un par de chistes y yo me sabía millones.

A las semanas me comunicaron que había sido escogida entre no sé cuántos participantes y decidí probar suerte, más por vivir la experiencia que por tener intención de terminar dedicándome al mundo del espectáculo. Quién iba a imaginar que el programa acabaría siendo un rotundo éxito de audiencia y que mi sentido del humor conectaría con cientos de miles de espectadores cada noche. Comenzaron a llamarme para realizar intervenciones en otros programas y actuaciones por todo el país. De un trabajo salía otro y así sucesivamente. Me sabía el trayecto del tren Cádiz-Madrid mejor que el maquinista.

Aparte de enfrentarme al mayor reto personal y profesional de mi vida y a las barreras que existían en el mundo del espectáculo para la mujer —y las que quedan—, tuve que lidiar con una que nunca esperé encontrar: la desaprobación de mi pareja. No quería venir conmigo a Madrid porque no entraba en sus planes de futuro, algo totalmente comprensible; sin embargo, tampoco quería que yo lo hiciera porque «esa profesión es pan para hoy y hambre para mañana». No sé en qué proporción se mezclaban el intento de protección y el egoísmo. Como cualquier relación a punto de romperse, las llamadas de teléfono y el tiempo que pasábamos juntos fueron convirtiéndose en una sucesión de discusiones en torno al tema central. El resultado fue que me vi obligada a decidir: quedarme en Cádiz por amor y renunciar a una arriesgada pero atrayente oportunidad profesional, o armarme de valor, lanzarme a la piscina y dedicarme exclusivamente a lo que mi madre llamaba «el artisteo».

Con todo el dolor de nuestros corazones y el sentimiento mutuo de incomprensión por la otra parte, nuestros caminos se separaron. Resultaba inevitable la ruptura. No obstante, a pesar de perder casi el contacto del todo, tras la separación siempre hubo cordialidad y cariño. En ocasiones nos llamábamos para saber cómo nos iba, incluso para felicitarnos cuando nos enterábamos que el otro se casaba o que había tenido una hija. Habíamos rehecho nuestras vidas. Los dos nos habíamos casado y divorciado posteriormente. Pa to iguales. El Largo y la Larga.

Veinte años más tarde recibí una llamada suya.

No sé si bajo los efectos de la anestesia porque estaba saliendo del dentista, me preguntó:

—¿Qué hice mal en nuestra relación?

Me contó que se había divorciado y no conseguía comprender qué había fallado en su matrimonio, si cometía algún tipo de error por sistema. Pensaba que si averiguaba dónde se había equivocado en nuestra relación, quizás comprendiera qué había salido mal en la actual. Lógicamente mi respuesta fue que no entendía qué clase de vínculo guardaban las dos rupturas. Eran edades diferentes, personas diferentes… El tocino y la velocidad.

A partir de ahí empezamos a llamarnos y a interesarnos el uno por el otro con más frecuencia. ¿Cómo estás?, ¿qué tal te va?, ¿todo bien? Hasta que cierto día, algún tiempo después, le conté que iba a Cádiz y me propuso cenar juntos para «hablar en persona, que es mejor que por el móvil». La clásica. No hay nadie en la breve historia del teléfono móvil que no haya dicho esa frase sin intención de ligar. Seguro que si hubiesen tenido móviles, Isabel la Católica le habría dicho a Fernando:

—Holiiiiii, Fer, q de tiempooooooo!
A ver si nos vemos, no? q me tienes

abandonaitaaaa (icono carita sonriente, icono guiño, icono carita con besito).

—T apetece qdar mañana y tomarnos un café —ah, no, que no había—, pues no sé, mmm… ir a misa, q es lo q está de moda (icono iglesia, icono manitas rezando, icono cura calvo).

—Sí, claro… Siempre m dices lo mismo y quieres hincar la rodilla en el banco xra rezar primero y acabar hincando… hincándola xra unificar los reinos de Castilla y Aragón (icono carita roja enfadada).

—Q no, tonta!! Si somos primos segundos, cmo voy a hacer eso??? Solo quiero que hablemos en persona, q es mejor que por el móvil (carita sonriente).

—Venga, va, xro recógeme después de mi baño. Para uno que me doy cada nueve meses, no voy a faltar encima (icono de baño, icono de carita a punto de vomitar).

En definitiva, había tonteo previo por ambas partes y decidimos ponernos al día o como hubiera que ponerse. Le había sido directa días atrás a mi hermana.

—Sole, tú no has visto a Antonio. Se ha puesto buenísimo y si puedo me lo follo antes de volver a Madrid. No te preocupes, que será echar una canita al aire por los viejos tiempos y se acabó.

Él me propuso ir a un sitio chulo en la playa que conocía y yo le lancé una contraoferta que no pudo rechazar.

—Vale, pero tú invitas.

Difícilmente podré olvidar aquella noche por varios motivos. El primero, el sitio. Una venta cutre con vatios de luz blanca como para dos o tres quirófanos, pringue hasta en el servilletero y un camarero con más pringue que el servilletero peinado a la cortinilla. Más que un gastrobar era un escobar. Eso sí, junto a una playa de la costa de Cádiz, de cuyo nombre no quiero acordarme para no herir sensibilidades. Hoy con dos detalles se encuentra en Google Maps hasta al que se comió la sopa de murciélago con coronavirus.

A lo que íbamos, una vez que terminamos de cenar en el escobar, donde no comimos sopa de murciélago por poco, bajamos a la playa a dar un paseo. Al oler el penetrante aroma del mar y las rocas con verdín de la escollera recordé lo mucho que echaba de menos mi tierra y el atracón de marisco que me podía haber dado esa noche si hubiera elegido yo el restaurante.

Antonio me detuvo un instante para mostrarme una aplicación de su móvil que, al apuntar hacia el cielo, distinguía las constelaciones, intuyo que por algún sistema GPS. Aprovechando su envergadura, se colocó detrás de mí y me rodeó con los brazos para vacilar enseñándome en la pantalla dónde estaba la Osa Mayor, Orión y Venus. Yo no me enteré de nada. Decía:

—Ay, Antonio, qué cosa más bonita.

Pero porque miraba sus bíceps. De repente, una tenue ráfaga de aire me dejó petrificada, sin habla. Su olor me había pasado por encima como un camión. Su olor, no su perfume. Volvía a tener catorce años. Esas horas y horas besándonos en la Alameda se sucedían a toda velocidad ante mis ojos como fotogramas de una película de amor de cine clásico. El reloj perfectamente engranado de labios, dientes y lenguas volvía a funcionar veinte años después. En esta ocasión, sin gafas que tirar de un codazo a los peces. En veinte años nos dio tiempo a acostumbrarnos a las lentillas. Mi cabeza estaba ocupada por un único pensamiento: estoy en casa.

3

Sodoma y Maldivas

Las cosas no salen nunca como una las planea. Ni para mal ni para bien. Aquello no acabó siendo un aquí te pillo, aquí te mato y rebujina, rebujina, cada uno pa su esquina. Nos sentíamos en casa, ¿sabéis lo difícil que es encontrar eso? ¿Lo que cuesta dar con una persona de mi edad, soltera como yo y que no tenga alguna tarita mental grande? ¿Una persona con conversación, que te divierta, que te haga sentir cómoda, tranquila y que, mientras te hable, solo estés pensando en arrancarle la ropa como si fuera un regalo envuelto de Navidad? ¡Que te haga sentir en casa! Quizás si eres joven —y, por tanto, ingenua a la par que descreída— restes importancia a la épica hazaña que acabábamos de conseguir sin pretenderlo.

No os preocupéis, como dijo el dramaturgo George Bernard Shaw, «la juventud es una enfermedad que se cura con los años». Puede que en un tiempo, cuando, con probabilidad, tengáis que emigrar para encontrar trabajo, empecéis a entender lo que significa «sentirse en casa» y lo a gusto que se está en ella, y es que, como dice una coplilla de carnaval «como se caga en casa no se hace caca en ninguna parte».

Empezamos a vernos cada vez con más frecuencia, en Cádiz, en Madrid o donde se pudiera. Nos ocurría eso que siempre ocurre cuando inicias una relación, eso que todas y todos estáis pensando… Exacto. No parábamos de contarnos las experiencias vividas durante los veinte años que nuestras vidas habían recorrido diferentes caminos. Qué mal pensadas y mal pensados sois. Seguro que esperabais que hablara de lo otro. Bueno, como escribo un libro y hay que ser fina diré que sí, que es cierto que me sentía presa de una incesante libidinosidad desmedida. Vamos, que tenía aquello como el pebetero de la llama olímpica. Por el fuego y por el tamaño. Contribuí más en unos meses al deshielo de los polos que los cuatro años de mandato de Donald Trump.

Como podéis comprobar, sigo siendo igual de refinada que siempre. No creo que la fama me haya cambiado. Pienso que soy como antes de ser conocida, igual de sencilla, igual de ahorrativa. Por ejemplo, en casa siempre reutilizo el agua usada de mi *jacuzzi* para regar alguno de los hoyos de mi campo de golf privado.

Antonio seguía detestando las cámaras que me rodean cada día, pero encontrarse con una Paz tan alocada como veinte años atrás decantó la balanza a favor de un segundo intento de relación con una artista. Comprobó de primera mano que en mi entorno no todos consumían cocaína como se olía. Esto no es un juego de palabras. Me refiero a que cuando me mudé a Madrid me malinterpretó cuando le dije que yo aspiraba a lo más alto. Esto sí. Antonio, si yo hubiera probado la cocaína alguna vez en mi vida, te habrías enterado, te lo garantizo. Con la nariz que tengo, con una raya, dejo sin cocaína a todo Wall Street, lo que habría provocado un desplome de la bolsa mundial.

Semana a semana fue derribando ese montón de miedos que revoloteaban en su cabeza en torno a la figura que de mí tenía creada. En esos primeros meses de conocernos —o re-conocernos— me sorprendió lo poco que había viajado. Puntualizo, lo poco que le atraía viajar. Decía que, simplemente, no le gustaba, pero yo sabía que era por miedo. A lo desconocido, a no controlar la situación. Sin embargo, escuchaba con el entusiasmo de un niño mis historias de viajes exóticos. Como cuando unos piratas nos persiguieron metralleta en mano por una playa de Cabo Verde, con vete tú a saber qué intención. O cuando, por error, vino un señor gritándome que el agua caliente donde me estaba bañando no era porque se me escapara el pipí, sino que se trataba de la boca de un volcán que escupía lava cada cierto tiempo sin avisar. Las típicas anecdotillas. Yo percibía tal asombro en cada batallita que contaba, que descubrir el mundo con él se convirtió en mi mayor deseo. Sin previo aviso le dije:

—Antonio, yo no trabajo de tal a tal día, ¿tú puedes cogértelos libres? ¿Sí? Pues prepara la maleta que te convido a ir a las islas Maldivas.

No fue una idea surgida de la nada. Había sufrido un cuidadoso lavado de cerebro durante años. Cuando una persona se adentra en el inframundo del espectáculo, en las entrañas del *show business*, además de soportar el pesado peso de la fama, debe soportar a pesados de diversa índole. Pesados con la obligación moral de decirte lo que debes hacer, de comunicarte el giro que le conviene a tu carrera artística y la decisión que marcará tu vida personal *in aeternum*. Este espécimen que habita cualquier rincón del ecosistema artístico no cejará en su empeño de que sigas sus sabios consejos cada vez que os encontréis como si de una divina misión se tratara. Si me dedico a enumerar ejemplos, termino escribiendo una saga más larga que la de *Harry Potter: Paz Padilla y los que opinan de su físico, Paz Padilla y deberías perder el acento andaluz*, etc.

Muchos de esos altruistas consejos son fruto de un vano intento de demostrarte «estar a la moda» para que tú te sientas una anticuada por no estarlo. Son agentes comerciales vocacionales. Quieren hacerte ver lo equivocada que estás si no tienes el iPhone que ha salido hoy y se quedará antiguo antes de acabar esta frase; o si no luces esa prenda de vestir que fue «el último chillido» en la *passerella di Milano* —me la agarras con la mano—.

En mi caso, cuando gracias a mi trabajo dispuse de dinero para permitírmelo, comencé a recorrer el mundo. Viajar se convirtió en mi principal adicción, me encantaba. Incluso en la época en la que se viajaba por el placer de descubrir una cultura diferente en lugar de por subir una foto para conseguir *likes*. Tenía el pasaporte con más tinta que el cuerpo de Sergio Ramos. Eso sí, a la vuelta, regresara del destino que regresara, cuando terminaba de hacerles el pequeño resumen de rigor, todas las compañeras me decían lo mismo:

—Ay, Paz, tienes que ir a Maldivas.

Por supuesto, para ser *cool* no puedes decir las islas Maldivas, hay que decir Maldivas. Sin determinante ni nada, que se note que hay ya confianza, como el que va un fin de semana sí y uno no. No sé por qué solo con Maldivas, será que incluye la palabra «divas» y les hace sentir especiales. Porque cuando van a Estados Unidos no dicen «vengo en avión desde Unidos» o en el caso de visitar un pueblo con menos glamur como Despeñapiedras de Arriba, «vengo de Arriba», que parece que vienes de tender en la azotea.

No digo que no me pareciera un lugar atractivo, al contrario, cuando veía fotos de ese paraíso de cabañas de madera construidas directamente sobre un mar de aguas turquesas, solo podía pensar una cosa: «Si voy algún día a las islas Maldivas, voy enamorada». Es decir, a hacerlo a todas horas como los monos. No voy a gastarme un dineral en estar en una playa bajo la sombrilla haciendo un sudoku.

Y ese día había llegado. No lo he hecho más veces en mi vida. Pido perdón por la grotesca imagen que os haya podido ocasionar. Desde que nos despertábamos. Antes de poner un pie en el suelo ya lo estaba poniendo en el ropero para hacer el salto de la tigresa. Eso sí que eran polvos instantáneos para desayunar y no el Cola Cao. Y en cualquier parte, hasta en la ducha. Con lo incómodo y sobrevalorado que está hacerlo en la ducha… Mientras que está una, el otro está fuera pasando frío, con aquello encogido. Si me cambio, se me corta el cuerpo. Si abro la boca, me ahogo literalmente con el agua; si la cierro, no hago nada. La mitad del tiempo estás quitándote agua de los ojos para ver un poco, y, por último, después de media hora sin poder abrazar a la otra persona porque se resbala como una pastilla de jabón, cuando consigues empezar, solo piensas en que te va a tocar recoger con la fregona el charco que habéis formado.

Esas islas parecen diseñadas para el fornicio. Lo de Sodoma y Gomorra era vicio, lo de allí es necesidad. Te lo pide el cuerpo. La puesta de sol es posible que no sea ni real, que se trate de una proyección digital de algún tipo de algoritmo informático creado para que te entren ganas inmediatamente.

—Por favor, señores, compórtense, este no
es el lugar apropiado para fornicar.
—Uy, perdón, nos hemos dejado llevar por
esa bella puesta de sol y…
—Ya, ya, lo sé, pero está a punto de
aterrizar el avión en el aeropuerto y deben
permanecer cada uno en su asiento con
el cinturón puesto. Ya tendrán tiempo de
hacerlo durante los próximos días en la isla…

Seguro que los nativos lo tienen asimilado
como una característica autóctona más de su país.
Lo interiorizan desde pequeños. Me imagino a los
guías realizando las rutas turísticas y explicando a
las familias:

—A continuación, si miran a su derecha,
posados en la rama del árbol, podrán
contemplar unos ejemplares de
guacamayos endémicos, y abajo, justo
al pie del árbol, la clásica pareja de
cuarentones europeos practicando el coito
en el primer rincón que han encontrado.
¡Oh, cielos! Estamos de suerte. Llegamos a
tiempo para ver un maravilloso espectáculo
de la naturaleza que solo puede verse en
las islas Maldivas. Miren las decenas de
mujeres que acuden caminando como

cangrejos a remojar en la orilla sus ardientes partes bajas tras un intenso día de sexo. Fenómeno que está destruyendo nuestro arrecife de coral al provocar un drástico cambio en el agua de varios grados de temperatura entre la noche y el día.

Recuerdo especialmente una tarde en la que estuvimos debatiendo sobre la impía crítica de Kierkegaard a la metafísica hegeliana como ciencia que describe la realidad al completo, no ya por su carácter ideal y abstracto, sino por su encubrimiento de lo ético. Vale, igual no fue así del todo, igual estábamos revoleados en la playa haciendo manitas cachondos perdidos para variar. Sea como fuese, vimos a lo lejos un numeroso grupo de personas caminando —demasiado arregladas para ir voluntariamente así vestidas a la playa— que se dirigían a una estructura de madera con flores que había en la orilla a unos cien metros de nosotros.

—Uy, mira, Antonio, qué pedazos de pingüinos hay en las Maldivas —dije de broma.
—¿Eso qué es? ¿Una boda? ¿Con este calor?
—Sí, eso parece, ¿no? Hombre, el sitio es precioso… ¿Te imaginas casarte aquí?

La boda que celebramos en nuestra adolescencia, ante los ojos de Dios, no tenía ningún tipo de validez. Bueno, sí, era una excusa para poder acostarnos sin estar en pecado. Lo único que nos importaba y que importa al mundo. A veces pienso que es el instinto de copular el que lo mueve de manera literal: que la Tierra rota sobre sí misma porque alguien corre en busca de otro alguien para acostarse, y este a su vez a otra persona, logrando que nunca deje de dar vueltas. Siendo el coito el motor central de todo, la teoría coitocéntrica. Me imagino que cuando se escribió la Biblia dejaron aposta esos pequeños vacíos legales para el pecado como el «no levantarás falsos testimonios, ni mentirás… salvo para proteger a otro eclesiástico acusado de pederastia en un juicio».

Por unos momentos fantaseamos con casarnos en aquel florido altar en una de esas perfectas puestas de sol algorítmicas, pero pronto la realidad se coló en nuestros sueños. En primer lugar, era demasiado caro. Si el viaje había salido por un pastón, no me quiero ni imaginar a cuánto ascendería la factura si nos casábamos. No tanto por el alquiler del espacio, sino por invitar a mi familia, que son los que más comen y beben del mundo. Se puede decir que mi familia, literalmente, tiene muy buen fondo. Ya no podía imaginar la elegante ceremonia sin que se colara en mi cabeza mi hermano diciéndole a un camarero que se había acabado el barril de cerveza, que trajeran otro, que él lo cambiaba si hacía falta.

Para que os hagáis una idea, en 1998 tuve el honor de pregonar el Carnaval de Cádiz. Ser nombrada pregonera es un motivo de orgullo para cualquier gaditano aficionado al carnaval. Una de las mayores distinciones que se pueden tener, por lo que se hace gratis. Mi caché por aquel entonces era elevado, estaba en pleno ascenso de mi carrera, pero como ya os digo, se hace de manera desinteresada. La alcaldesa me dijo que, a pesar de ser gratuito, invitaba a familiares y amigos a la cena posterior al pregón, y para seguir con la fiesta, nos daría vales de copas para una gran carpa que se instala en la ciudad durante esa semana. A las dos horas de estar en la carpa, ya me buscaban para avisarme de que nos cortaban el grifo porque mi familia se había bebido mi caché de sobra. Así que, comprendedme, yo solo me preguntaba que a cuántos pregones equivaldría una boda.

Cuando finalizó la ceremonia que seguimos de reojo, el personal condujo a los invitados a unos jardines de un hotel cercano para continuar con la celebración.

—¡Antonio, esta es la nuestra, corre, que se han dejado el altar! ¡Vamos a casarnos! ¡Y sin gastarnos un duro! —le dije jalándole del brazo para que se levantara de la arena.

Él no era nunca el instigador de las locuras, pero se apuntaba a las que se me ocurrían. Habían dejado todo perfectamente decorado: altar con una alfombra hasta él, sillas, flores... Todo preparado para que nos dijésemos —llorando de risa por lo surrealista del momento— que queríamos pasar el resto de nuestras vidas juntos. Después del «sí, quiero» nos fuimos directamente a nuestra habitación sin cenar ni nada a hablar de metafísica dos o tres veces más.

4

Con papeles

Antonio no supo que en las Maldivas, aparte de cometer todos los pecados habidos y por haber —incluido el de matar, porque me mató de gusto—, cometió el peor error de su vida: reírme una gracia.

En el siguiente viaje que hicimos, a la India, decidí repetir la bromita de casarnos, solo que llevándola un pelín más lejos. Organicé una boda sorpresa por el rito hindú. En mi cabeza al principio, como siempre, todo tenía sentido. Llegamos enamorados a Rajastán, empezamos a ver un templo por aquí, un palacio por allá, que si incienso, que si Ganesha, que si espiritualidad, y cuando menos se lo esperaba estaba en los hombros de dos indios cantando, recién casado con un turbante con plumas y gritando namasté. En este viaje la misma palabra lo dice na-más-té. Na más que bebimos té. ¡Qué pechá de té! Y de hacer yoga. Igualito el saludo al sol que hacíamos en la India al que hacíamos en las Maldivas…

Cuando se dice que el amor lo puede todo, debe ser cierto. Hoy todavía no entiendo ni cómo Antonio no se enteró ni cómo Manik, nuestro guía, no me asesinó en el mismo aeropuerto al preguntarme:

—¿Cuándo queréis realizar la bod…?
—¡Shhhh, calla! —le susurré—. Que el novio no sabe nada…
—¿Cómo que no sabe…?
—Que no sabe nada, que es una sorpresa.
—¿Y cuándo lo va a saber?
—Dos horas antes. Calla —le insistí, viendo cómo su cara cambiaba de un tono azúcar moreno a blanco sacarina.

El caso es que entre susurros y gestos entendió que yo quería una boda hindú con tos sus avíos: elefantes, trajes de colores, pinturas, anillos y hasta una tarta de novios de pollo al *curry* picante si es tradición.

Y una vez llegado el día D a la hora H o H y cuarto, tras el correspondiente «buenos días, mi amor» le dije:

—Antonio, en dos horas viene un elefante por ti y nos casamos.

Si uno ya suda de por sí al oír que en dos horas lo obligan a casarse o que viene un elefante a recogerlo, imaginad en la India a cincuenta grados con sensación térmica de precalentar a doscientos veinte durante media hora. Empezó a sudar como si lo acabara de zambullir en el Ganges.

—Paz, dime que es broma, por favor.
—Que nos casamos. Lo he preparado todo: el elefante, el maestro de ceremonias, los trajes, el embajador…
—Que no, que yo no quiero —replicaba apurado viendo que iba en serio.
—Por favor, que yo estoy enamorada de ti, que quiero que sea para toda la vida, que no vas a ir vestido como Gandhi…

Así durante hora y media.

—Antonio, que mira qué romántico, que la India va a nacer en nosotros, que está el Manik con el elefante en la puerta ya esperando.

—Pero ¿cómo voy a casarme sin mi madre, sin mi hija? ¿Tú estás loca?

—Vale. Pues nos casamos en Cádiz también.

—Vale —dijo tras meditar la oferta unos segundos.

No tuvo más remedio. Mientras nos vestíamos a la bulla le escuchaba decir entre dientes:

—Me cago en sus castas... Siempre igual... Con el calor que hace...

Si el novio y la novia no se pueden ver el día de su boda, en este caso era Antonio el único que no me podía ver a mí.

Bajamos a la recepción con Manik, que se lo llevó en el elefante para vestirlo para la ceremonia con un traje blanco de seda. Menos mal que era blanco, si es negro de franela se divorcia el mismo día. Y le aplicaron en la cara un tratamiento exfoliante durante media hora que se la dejaron más blanca que la de Manik en el aeropuerto. Le lijaron tanto la epidermis, la dermis y el hueso frontal que se le podían ver los pensamientos. Y ninguno me dejaba en buen lugar.

A mí me condujeron por otro camino un grupo de mujeres para bañarme con delicadeza —sin lijado—, pintarme cuidadosamente los brazos con henna desde los sobacos a las uñas y colocarme el sari. El sari, aunque tenga nombre de amigo del Vaquilla, es el traje típico que llevan las mujeres allí ese mal llamado «día más feliz de su vida». Digo esto porque después de ponerse el sari dudo que vuelvan a casarse. Es parecido a un pareo de los que los *hippies* te venden en la playa, pero con dos millones de perlas encima y de seda fina, fina, fina y segura. Bueno, de segura el momento de la foto. En cuanto empiezas a caminar es como llevar un lenguado. Se te cae por aquí, ahora levantas y se cae por allá, te recoges y te lo pisas por detrás… Eso por no hablar del peinado. Un moño recogido que pesaba más que el de la Dama de Elche. Seguro que si a Jesucristo le dan a escoger entre la corona de espinas y el moño ese, escoge otra vez la corona.

Y por fin vi al novio, con la cara encalada y unos adornos de oro colgándole por la cara como patitas de un pulpo. Y el novio me vio a mí con el moño ese tirando de cada músculo de mi rostro. Y no podíamos ni reírnos el uno del otro de lo incómodos que estábamos, qué digo, lo enamorados que estábamos.

Lo siguiente fue subirnos al elefante que nos llevaría al altar en un paseo romántico. Sé que a veces tiendo a exagerar, pero os aseguro que no he tenido tanto mareo ni en el Dragon Khan recién comida. Lo que no sé es por qué no se llama Elephant Khan. Y a un lado. Y al otro. Y venga a caerse el lenguado, y venga a caerse mi cabeza para atrás… Pero no podía mostrar debilidad ante Antonio con la que le había dado… Y en cada ir y venir del elefante yo soltaba un «te quiero», «¿qué bonito, verdad?», «te amo»; y él:

—¡Ya te cogeré! ¡Ya te cogeré!

La ceremonia hindú es un ritual cargado de misticismo y simbología, y el primer símbolo que nos plantaron delante fue la hoguera purificadora. Se llama purificadora porque la hoguera hija de la gran puta no tenía tanto misticismo. Como símbolo está muy bien, pero no hubiera quedado mal tampoco como símbolo una nevera con hielo y quintos de cerveza fresquitos. Y venga símbolos: tú me das la mano y te la doy yo, damos la vuelta, te la doy yo, ahora se le cae el gorro un poco y Manik se lo aplasta de un golpe con el puño, ahora da otra vuelta gritando:

—Ay, ay, las orejas, las orejas…

Después de este apacible ritual vino lo importante. Hoy no sé todavía cuánto, porque no entendía ni una palabra, pero parecía importante. El maestro de ceremonias nos decía algo en indio que nosotros repetíamos y nos indicaba que fuéramos de un lado a otro a empujones, enfadado porque no lo entendíamos. Por último, aburrido de nosotros ya, sacó los papeles para firmarlos. Ahí Antonio se descompuso:

—¡Cómo voy a firmar estos papeles que están en indio!

—Da igual, chiquillo, tú fírmalos… —le decía mientras le colocaba el bolígrafo en la mano.

—Pero, Paz… ¡Que soy abogado! ¡Cómo voy a firmar algo que no sé lo que pone!

—¡Firma ya, Antonio, que están esperando!

—¡Que va contra mi ética profesional!

—¡Antonio, firma! Además, seguro que es con gananciales.

—Entonces sí —dijo sin pensárselo dos veces.

Un año después celebramos nuestra cuarta y última boda. Con nuestras hijas, nuestros familiares, nuestras amigas y nuestros amigos, en nuestra playa de Zahara de los Atunes y en nuestro idioma. Sabiendo lo que firmábamos. Paradójicamente, era tan inmenso el éxtasis de plena felicidad que nuestro campo de visión se había reducido a los ojos del otro. Hubiésemos firmado los papeles en árabe, en chino y hasta un cheque en blanco al cura de la parroquia si nos lo ponen por delante. Estábamos en otro planeta. Estábamos en casa.

5

¿Has oído lo mismo que yo?

Lunes por la mañana. Estoy recién duchada, vestida y dispuesta a coger el coche para salir de casa. He invertido media hora en elegir conjunto y arreglarme como nunca. Tengo que grabar un programa de *Pasapalabra* al que acudo como invitada. Me veo especialmente guapa, imparable. De estas veces que una piensa que se va a comer el mundo y se resquebrajarán las aceras a cada paso que dé. Suena el teléfono. Es Antonio. Me dice que no sabe qué le ocurre, que tiene miedo. Está muy asustado. En el descanso de su trabajo en el ayuntamiento ha salido a tomar un café a media mañana y ha empezado a encontrarse mal. Le digo que seguramente se trata de un episodio de ansiedad por la carga de trabajo del lunes, el exceso de estrés general al que estamos sometidos o un cúmulo de factores a los que el expreso sin azúcar les ha puesto la guinda. Se reafirma en que no se encuentra en plenas facultades, que tiene una sensación extraña. Ha decidido ir al centro de salud, dice que necesita atención médica. Le comento que en ese caso, si quiere hacerse un estudio más a fondo para quedarse tranquilo, avise en el trabajo, venga a casa y vamos mejor a la Clínica Quirón. No por desconfianza de los profesionales del ambulatorio, sino por disponer de un mayor número de medios o personal en caso de necesitarlo y que, a juzgar por su tono de voz, es más que posible. Acepta después de mi insistencia.

Lo llamo.

—Ya voy para allá, voy en el coche —contesta.

Su trabajo está a cinco minutos de casa. Pasa un cuarto de hora y aún no ha llegado. Me empiezo a preocupar y salgo a la esquina para ver si viene al final de la calle de la urbanización. Veo llegar el coche a lo lejos. Cuando se acerca le hago señas para que frene, viene demasiado rápido, como si no me hubiera visto a plena luz del día. Por fin comienza a frenar bruscamente, sin una progresión suave hasta dejarlo casi parado. Con el vehículo manteniendo cierta inercia intenta bajarse sin darse cuenta de que aún no está quieto. Parece que una mitad de su cuerpo trata de salir, pero es lastrada por la otra mitad que permanece dentro. ¿Qué pasa? Actúo rápidamente intentando frenar con mi cuerpo el coche, ya que él no es consciente de lo que ocurre y yo no puedo entrar para echar el freno de mano. A punto de chocar con un autobús consigo detenerlo. Estoy muy asustada, no entiendo qué está sucediendo. «Se ha intentado bajar en marcha…», pienso sin terminar de creerme lo que veo.

Está desorientado. En apariencia sano, pero incapaz de controlar su cuerpo ni el habla por completo. Dejo el coche en doble fila. Llamo a mi mánager para contarle lo que ha pasado y decirle que voy de camino al hospital. Le pido que me excuse ante el equipo por no poder asistir a la grabación debido a una urgencia médica. Llegamos a la clínica. En la cola para dar los datos del paciente lo noto más desorientado y con mayor falta de coordinación.

—¿Yo cómo me llamo? ¿Cómo me llamo, Antonio? ¿Yo cómo me llamo?

No sabe responderme. No sabe decir mi nombre. Ni el suyo, ni dónde vive, ni qué hace allí. Me entra el pánico y me adelanto en la cola para pedir ayuda.

—Por favor, disculpe, que alguien me ayude, mi marido no sabe quién soy, ni sabe hablar —les comento atropelladamente.

Un médico nos acompaña a un box apartado donde, tras realizar la correspondiente exploración neurológica en una camilla, considera que deben hacerle analíticas, radiografías y un TAC a la mayor brevedad posible. Se lo llevan en la camilla. Le digo que no se preocupe, que todo va a ir bien. Llega Arturo, mi mánager. La relación que tengo con él va más allá de lo laboral e incluso si me apuráis de la amistad. Es un hermano de otra madre. Jamás podré agradecerle el amor que me ha dado durante tantos años. Después de unos escasos veinte minutos dando paseos de un lado a otro en la sala de espera, llega el médico y nos conduce a Arturo y a mí a una consulta en esta ocasión. Una vez dentro, nos dice sin preámbulos:

—Antonio tiene un tumor cerebral maligno. No sabemos si se trata de un tumor primario o de uno secundario, una metástasis. En estos casos no se puede hacer una estimación con exactitud, pero puede que le quede poco tiempo de vida. Bueno, os dejo aquí para que lo proceséis, lloréis o gritéis… Lo único que os pido es que no lo hagáis delante de él cuando lo traigamos.

—¿Has oído lo que yo?

—Sí —me contesta Arturo con mi misma incredulidad.

—¿Ha dicho que no sabe cuánto le queda de vida, que se va a morir? —sigo preguntando, intentando obtener una respuesta diferente.

—Eso parece…

Tiene que ser un error. ¿Cómo va a ser? ¿Cómo me lo puede decir así? ¿Estamos locos? No doy crédito. No me puede estar contando eso. No me lo puede estar diciendo así. «Quédate aquí, grita y llora, pero en la habitación no». No entiendo nada. Estoy en estado de *shock,* soy incapaz de llorar. Arturo intenta tranquilizarme pidiéndome que no adelantemos acontecimientos, que mantengamos la cabeza despejada. Es un médico de Urgencias, puede que no esté en lo cierto. Puede que se haya precipitado. Por mucho que lo intenta Arturo, el daño ya es irreparable. Siento las palabras de aquel doctor como un hachazo limpio, seco en el esternón.

Veo llegar caminando a lo lejos a mi hija Anna, tan preciosa y elegante como cada día. Le pido que me acompañe a un lugar apartado mientras, insistentemente, me pregunta qué sucede. Entramos en un cuarto de baño, le explico desde la llamada telefónica hasta la abrupta noticia. Su reacción es la misma que la mía. La misma que la de cualquiera. La única que el cerebro es capaz de ejecutar cuando comprende que, desde este mismo instante, la vida nunca volverá a ser igual. El estado de *shock* nervioso no es patológico. Se trata de una percepción propia de un suceso. No tiene que ver con un funcionamiento anormal del cuerpo. Simplemente el cerebro ha sido sometido a una compleja situación inesperada que percibe como dolorosa o dañina a la vez que incontrolable por su parte. Una reacción de incredulidad que puede durar desde minutos hasta meses.

En este estado, mi cuerpo decide que debo llamar a mi hermana Ana. Un gran pilar para mí a pesar de la distancia que nos separa.

—¡Dime, Maripili! —me dice con su característico tono alegre al descolgar el teléfono.
—Ana, Ana, que Antonio se muere…
Ana…
—¿Qué?

Al oír su voz, un desgarrador llanto sale del mismo sitio donde he sufrido el hachazo, como la hemorragia incontenible que emana tras dejar de comprimir una profunda herida. De mi temblorosa boca salen las palabras que me ha repetido el médico de urgencias, pero yo he asimilado un mensaje completamente distinto. Parece que me acaban de notificar que Antonio ha muerto en un accidente de tráfico y traen su cuerpo de camino. Lloro como nunca he llorado. Un dolor inexplicable con palabras que solo puede comprender quien ha pasado por una situación similar. La expresión «morirse de pena» lo describe a la perfección. Parece que se te acaba la vida. Grito, lloro, grito y lloro sin parar. Y cuando ya no me quedan más fuerzas, cuando estoy hueca, vacía, voy a la que va a ser la habitación de Antonio.

Allí conozco a una nueva doctora, especialista en neurocirugía, que se encarga de tranquilizarme y aclararme las posibilidades terapéuticas. Me sale preguntar de inmediato si se va a morir. Necesito desmentir la información que tengo. Con calma, me explica que es pronto para emitir un diagnóstico de certeza. Con unas pruebas realizadas de urgencia es un enorme atrevimiento hablar de alcance de la enfermedad o de meses de vida en una patología como esta. Por lo que saben hasta el momento es necesario que sea ingresado para un estudio en profundidad, y que, muy probablemente, haya que realizar una intervención, la cual, por la zona en la que se encuentra el tumor, puede dejar una serie de secuelas. Me aclara con paciencia síntomas, procedimientos, probabilidades estimadas de los tratamientos, pasos a seguir, posibles secuelas... Todo lo que puede y más. Su empatía a la hora de traducir a mi idioma las palabrejas de los cientos de libros y artículos científicos que almacena en su cabeza me conmueve a la par que me tranquiliza. Ella quizás en dos meses no recuerde esta conversación. No creo que sea consciente de que este tiempo que está empleando en mí es el empujoncito inicial para dar el primer paso de un largo camino que, posiblemente, me queda por andar.

Traen a Antonio en una cama. Parece que el tratamiento con corticoides intravenosos de su gotero ha comenzado a hacer efecto. Ya recuerda mi nombre. Ya vuelve a decirme «te quiero». Me tranquiliza él a mí. ¿Tanto se me nota? Tengo que disimular mejor. ¡Paz, coño, que eres actriz, no de método, pero actriz!

A partir de ese primer contacto cambio de manera radical. Se acabó transmitir miedo, inseguridad, tristeza. Entiendo lo que quería decir el primer médico con que él no te vea llorar. Aunque no comparto sus formas, mi cuerpo sabe que si él tiene enfrente a una persona sosegada, atenta y cariñosa, lo estoy ayudando.

Nuestras vidas han cambiado de un día para otro. Durante la noche no paro de darle vueltas a lo sucedido, sentada en un sillón de la habitación donde, por primera vez, no estoy despierta hasta el amanecer a causa de la incomodidad del asiento. Empiezo a asimilarlo en el más absoluto silencio para evitar que se despierte y vea a una Paz tan vulnerable, tan asustada, tan desolada como estoy. Las lágrimas recorren mis mejillas sin cesar como un grifo antiguo cuya palanca se ha roto al abrirlo. Así paso las siete horas que faltan para ver los primeros rayos de sol. Quizás mi círculo más cercano lleva razón diciéndome que me precipito, que debemos esperar el resultado de la intervención, los tratamientos, etc. Pero desde la primera noche me ronda un único pensamiento: es cuestión de tiempo, se va a morir.

6

No estamos preparados para morir

—Antonio, ¿a la madre de quién hay que matar? ¡Al ataque!

Ese era mi grito de guerra desde aquella tarde en la habitación de la clínica. Mi forma de decirle que me tendría siempre a su lado. Una proyección de la esperanza que una alberga cuando existe la posibilidad, por muy pequeña que sea, de que las cosas salgan bien. No me permití que me viera triste. Lloraba cada día, a todas horas, pero nunca delante de él. Había veces que lloraba sin darme cuenta. Estaba trabajando en mi escritorio, notaba húmeda la mejilla, la tocaba con mi mano y aparecía empapada.

La palabra «persona» proviene del etrusco, cuyo origen tiene raíz en la palabra griega *prósōpon*. Significa máscara de actor, personaje teatral. Me parece uno de los orígenes etimológicos más bellos de nuestro idioma.

En el teatro clásico griego los actores llevaban máscaras con muecas para expresar cómo se sentía el personaje a un espectador que se encontraba a decenas de metros de distancia. Además, tenían un orificio en la boca que permitía amplificar el sonido. Cabe recordar que en el siglo V a. C. aún no estaban inventadas las pantallas gigantes ni los micrófonos, por lo que el invento era redondo. La metáfora es total: somos un conjunto de máscaras superpuestas para amplificar nuestra voz, nuestros pensamientos, sin miedo, y ser quienes elegimos ser ante los demás. Todos decidimos la máscara que llevamos en cada momento. Y ahora que caigo, qué máscara más fea he elegido yo en esta vida, parezco los médicos que trataban a los enfermos de la peste negra.

Me gustaría matizar, por si no me he explicado bien, que la metáfora de la máscara no quiere decir que seamos todos unos hipócritas para conseguir una aceptación —como ese compañero vuestro del trabajo con el jefe—, sino que somos tantas personas como situaciones vivimos. En mi caso en concreto, sin premeditarlo, me salía ser de esa forma con Antonio delante: optimista, enérgica, con sentido del humor. Sin embargo, me resultaba inevitable pensar en la fatal posibilidad de perderlo.

Empezó a obsesionarme la muerte como concepto en general. No me la podía sacar de la cabeza, me perseguía, me atraía. De pequeña me decían que si se nombraba, se atraía. Otro de los mitos absurdos que contienen más miedo que verdad. Es lo único que sé, que me aterra y que no sé nada de ella, excepto que es peor que la Agencia Tributaria, no hay forma de escapar. La realidad era que al enfrentarme de golpe a la posible muerte inminente de Antonio, en cierto modo me estaba teniendo que enfrentar a la mía.

Somos incapaces de averiguar cómo es la muerte, qué se siente o si hay algo después, no digo ya un paraíso, pero una pequeña sala de estar con un mísero sofá donde recostarse toda la eternidad al menos. Lo más parecido que podemos experimentar es acompañar en su muerte a alguien que amamos.

Desde que nos descubren la muerte de niños y nos revelan el final de esta película, tratamos de apartarlo por ver si así desaparece. Igual que hacemos de pequeños cuando nos dicen nuestros padres que recojamos el cuarto y, para evitar esa tediosa tarea, metemos ropa y todo lo que hay por en medio bajo la cama, en el armario o en cualquier lugar fuera del alcance de la vista. Bueno, puede que solo lo hiciera yo y no vosotros, pero espero que haya quedado claro el paralelismo. Lo que no se ve, lo que no se nombra, lo que no se piensa, no existe.

Lo reconozco, no tenía ni idea de cómo abordar la posible muerte de mi pareja, ni mucho menos, la mía propia. Echarle toda la culpa a unas carencias en la educación que recibí por parte de mis padres sería bastante injusto. Es la sociedad, en general, la que no quiere educarse para morir. Tanto el sistema educativo en su totalidad, desde profesores hasta gobiernos, como los propios padres, no consideran esencial una educación emocional de los pequeños, acorde a las capacidades específicas de cada edad, para afrontar la pérdida de un ser querido, lo finito de la vida o, sin ir más lejos, la derrota a cualquier escala.

Nadie nace con las herramientas necesarias para ello. Te las deben dar. El ser humano no ha evolucionado genéticamente a esa velocidad. Hemos avanzado rapidísimo, tenemos una capacidad de análisis prodigiosa para el poco tiempo que llevamos existiendo como especie, pero tenemos nuestras limitaciones de fábrica. El cerebro no está diseñado primitivamente para ser consciente de nuestra muerte o nuestro envejecimiento, y evita así que nos atormentemos y no nos reproduzcamos. Lo que pasa es que hemos sido capaces de inventar artilugios, como los espejos o las cámaras fotográficas, para engañarle y comprobar el paso del tiempo por nuestro físico. Por muchas operaciones estéticas que nos hagamos, llegará un día en el que seremos una arrugada y vieja pasa poco atractiva. Eso si tenemos suerte. La otra es no darnos nunca por vencidos en nuestra cruzada, continuar haciéndonos retoquitos y acabar frustrados, tristes, y con la piel de una pelota de gimnasia rítmica derretida. Vestir como adolescentes y decir que nos gusta la música trap y el reguetón con cincuenta años no nos da un aire juvenil, nos convierte en unos viejos absurdos. Necesitamos aceptar que envejecemos y necesitamos aceptar que vamos a morir.

La Real Academia Española, la RAE para los amigos, el único organismo oficial con nombre de choni, conceptualiza la muerte como «cesación de la vida» y se quedan tan panchos en sus sillones los señorones. Como si estuviesen describiendo un fenómeno atmosférico. Lluvia: Agua que cae de las nubes. Acción de llover. Muerte: Acción de morir. ¿La quieres más completa? Sustantivo femenino singular. Fin. Ah, esa es otra, y en femenino siempre. Lo bonito, masculino; lo terrorífico, femenino. Todo lo negativo siempre asociado al género femenino: la muerte, la parca, la hipoteca, la declaración de la renta, la presidenta de la Comunidad de Madrid. Nada que ver con el parto o el alumbramiento. Aunque la visibilización del género en el lenguaje es importante, aquí estoy bromeando, ¿eh? Pero lo cierto es que la vida se asocia a la luz y la muerte a la oscuridad. Eso es así por muchos infartos mortales que ocasione ver la factura de la luz.

Para morir nadie nos prepara, pero para dar la vida nos preparan desde que nacemos. Sobre todo, a las mujeres. ¿A qué edad os regalaron vuestro primer bebé para que lo cuidarais? ¿Cuándo os empezaron a explicar que papá le pone una semillita a mamá? ¿En qué curso estudiasteis en el colegio la reproducción sexual y cuándo se habló del duelo o de la aceptación de la pérdida? Existe toda clase de información al alcance de la mano para los posibles partos existentes. Sea cual sea su peculiaridad, está estudiado al milímetro y desde el instante en que te quedas embarazada jamás te va a faltar información ni ayuda para afrontarlo.

Para todo hay un especialista en cada momento. Si no os podéis quedar embarazadas, si el problema es de ellos, si queréis adoptar, si necesitáis un psicólogo, psiquiatra, centro de planificación familiar, cardiólogos, nutricionistas, fisioterapeutas, matronas, ginecólogos. Falta únicamente el mamporrero que ayude a metérosla y le grite mientras lo hacéis:

—¡Vamos, Rafa! —como si fuera Nadal en Roland Garros.

Eso por no hablar de los verdaderos expertos en la materia. No me refiero a los ginecólogos, sino a esas personas que ya han tenido un hijo... Desde vuestras propias madres hasta una amiga que os encontráis por la calle después de veinte años sin verla.

—No tomes café que te sale el niño nervioso y te dan ardentías... Para las ardentías lo mejor es comer regaliz... Si tienes ardentías es que el niño va a tener mucho pelo... Uy, y si te pones muy fea es que va a ser niña porque las niñas te roban la belleza... Si te empieza a caer mal el padre de la criatura es que se va a parecer a él... No, que igual deberías plantearte el divorcio, no, que se va a parecer a él...

Tócate… Todas y todos dan consejos. Mejor dicho, juzgan y ordenan lo que debéis o no debéis hacer en esta etapa concreta del embarazo por la autoridad que les otorga el haber traído un niño al mundo. Además, ya no sabéis a cuál de los ciento cincuenta consejos sobre cómo combatir la lumbalgia hacer caso, si la mitad se contradicen entre ellos. Es desinformación en estado puro. Dicen que le pongáis al bebé música clásica porque es capaz de oír a través de la barriga, pero no que lo protejáis de las primeras *fake news* de su vida.

¡Hasta los tíos saben mejor que vosotras lo que os pasa!

—¿Eso? Eso es normal en el mes que estás. A mi mujer le sucedía una cosa parecida. Mira, para que se te pase ese dolor te colocas en la cama así de lado y te das unos golpecitos en la espalda porque si no el bebé…

¿Cómo que darme golpecitos? ¡Pero qué sabrás si eres frutero! ¡Que no soy una sandía! ¡Pero si tú lo único que has hecho ha sido aguantarle la mano y soplar con ella como un tonto en las clases preparto! ¡Y lo hacías a destiempo seguro!

Esa es otra, hay clases de preparación al parto para todo. Yo, si no fui a veinte diferentes, no fui a ninguna. He ido a más clases de preparto que de instituto. Las que más me sorprendieron fueron las de fortalecer el suelo pélvico. Yo no sabía ni lo que era el suelo pélvico. Por lo visto, es el conjunto de músculos y tendones que sostienen los órganos de nuestro cuerpo: vagina, vejiga, útero… Vamos, lo que impide que aquello te dé la vuelta como un calcetín. Y de no conocer eso, *a priori* tan importante, a tener libros con ejercicios Kegel, pelotas y artilugios para su fortalecimiento. A lo que me refiero es con el dineral que me dejé en el suelo pélvico, tendrían que habérmelo puesto de mármol italiano por lo menos.

¡Qué pormenorizado y milimetrado todo durante esos nueve meses! A partir del cuarto tienes que comer cada tres horas cincuenta gramos de fruta, andar mínimo cuarenta y cinco minutos diarios, con ropa deportiva que no apriete el abdomen con una fuerza superior a… Parece que en lugar de tener a un niño vamos a clonarlo en un laboratorio. Y las ecografías han avanzado en veinte años a una velocidad que ya sale el bebé haciéndose un *selfie* a sí mismo.

Me dijo una compañera que se acababa de quedar embarazada que ella iba a un especialista en pruebas de imagen del embarazo —sí, también hay de esos— para hacerse una ecografía 4D o 5D. ¿Qué más quieres que una ecografía en 3D? Si la realidad, lo que vemos, el mundo, solo tiene tres dimensiones. ¿En la 5D qué pasa, que el niño que ves es una proyección suya en un universo paralelo? ¿Se consigue aplicar la teoría de cuerdas y plegar el espacio tiempo para ver si ha salido con los ojos de su madre? ¡Qué *marketing*, por favor! Se les está yendo la mano añadiendo D más que a los anunciantes de Gillette añadiendo cuchillas, que ya van por seis o siete. Si con tres ya afeitaba bien, para qué quieres siete. Eso bueno para la piel no puede ser, a menos que quieras cortarte la papada a tiras y hacerte un kebab.

Resumiendo, que hay una concienzuda planificación para dar vida en el parto, pero no para morir. Resulta paradójico este extremado plan general de un evento que, al igual que la muerte, no sabes con exactitud cuándo se va a producir. O al menos eso me dice mi experiencia.

Se me ocurrió hacer una fiesta con amigos y familiares para celebrar el parto de mi hija en mi casa de entonces. No el nacimiento, el parto, así, como suena. Decidimos hacerla uno o dos días antes de la fecha prevista del nacimiento, no el mismo día, pero cuanto más cerca estuviera, mejor. Mi hermana Lola me ayudó a colocar un cartel de bienvenida en la puerta que rezaba: «FIESTA DE LA DILATACIÓN. ¡AYÚDAME A EMPUJAR!». Por si acaso, por la parte de atrás había escrito: «NOS VAMOS A LA ZARZUELA», que era el nombre del hospital donde estaban siguiendo mi embarazo. En caso de ponerme de parto, solo había que darle la vuelta al cartel y se acababa la velada. Tengo que aclarar que no tuve un buen embarazo. Sufrí un trastorno depresivo durante los meses previos a raíz de ver embarazada a mi cuñada. No sé por qué, me entró pánico y rechacé mi situación.

Invité a gente que armara jaleo, que le gustara la juerga y fuera garantía de un día de diversión. Y allí que se colaron con las guitarras artistas de todo tipo, entre ellos los componentes del grupo de flamenco Navajita Plateá. La fiesta, pues, imaginaos: más de treinta personas comiendo, cantando y bebiendo como si no hubiera un mañana. Me figuro que fue, bien porque no hay nada más bonito que celebrar que llega una vida nueva al mundo, bien porque invité a un elenco de golfos con mucho arte.

Si sois mujeres y habéis parido —o si sois los maridos fruteros de mi amiga— sabréis que las contracciones previas al parto que indican que eso está empezando a dilatarse son muy parecidas a otras que habéis tenido antes e incluso a un dolor de gases en un momento dado.

Desde que me desperté ese día había empezado a tener contracciones. Lo intuía, pero confiaba en que fuera una señal de la proximidad del parto y pariese al día siguiente. Al menos que nos diera tiempo a recoger la casa de la fiesta.

—Creo que estoy empezando a dilatar —dije en medio del jolgorio, medio en broma, medio preocupada, pero la inercia de la propia fiesta era imparable. Los Navajita empezaron a cantar por rumbas lo que se les iba ocurriendo.
—¡Que ya está aquí! ¡Que ya está aquí! ¡Vámonos pal hospital! ¡A empujar, a empujar, a empujar!...

Cada media hora anunciaba contracciones y surgía una nueva rumba mientras varios invitados salían a bailar al centro del corro que se había formado. Cada vez eran más seguidas las contracciones, estaban más borrachos todos y mayor era la juerga.

Mi ginecóloga me explicó que cuando el intervalo entre ellas fuera de cinco minutos, me fuera corriendo para el hospital. Con tanto jaleo yo no sabía cada cuánto las estaba teniendo. Ya se sabe que en una fiesta el tiempo pasa como si estuviera en un reloj pintado por Dalí. Tres horas pueden ser cinco minutos y viceversa. A mí me daba una contracción y yo me iba al baño a abstraerme del ruido. Sentada en la taza miraba el reloj, intentaba adivinar sin éxito cuándo había sido la última, me agobiaba por el dolor y preguntaba por la ventana si sabían cuánto había pasado desde la anterior.

—¡Siete minutos! —gritaba alguien.
—¡Siete minutos, siete minutos, siete minutos! —cantaban los Navajita.

Me cago en sus castas. Estaba confundida. Me dolía a rabiar, pero me partía de risa. No podía enfadarme.

A la fiesta seguían llegando personas que ya ni conocía. Las contracciones habían empezado a ser cada cinco minutos, así que cogí al padre de mi hija por la solapa y le dije que debíamos cortar ya si no quería que su hija naciera al ritmo de *Volando voy* y con las pinzas de la barbacoa a modo de fórceps. Nos costó la misma vida terminar la fiesta. Como último recurso intentaron negociar acompañarnos todos al hospital. Me negué en rotundo. Les prometí otra jarana igual pero después del parto. No sé si ha prescrito ya lo que voy a contar, pero mi exmarido, por seguir con el símil flamenco, iba un poco «ahora que estamos tan a gustito».

Nos perdimos en el coche yendo para el hospital. Madrid es horroroso, si te equivocas cogiendo una salida, puedes acabar en Burgos.

Recuerdo una vez que iba con Chiquito de la Calzada en coche a un bolo y el chófer que nos llevaba se había perdido. Chiquito le estaba dando una impresionante:

—¡Pero adónde nos lleva este fistro pecador! ¡Que estamos en Transilvania, nos lleva a ver al conde Drácula!

Volviendo al día del nacimiento de mi hija. Yo estaba ya con el cuello uterino como la manga de un albornoz, y no sé de qué forma acabamos con el coche en un hipódromo.

—Vale, que tengo cara de caballo, pero esto ya es pasarse… —le decía a mi exmarido.

Después de siete salidas equivocadas, ocho rotondas que no eran y cientos de puñaladas en el útero llegamos al hospital. Íbamos muy tarde, dichosa fiestecita. Nos recibió un ginecólogo gangoso que nos dijo con esfuerzo:

—Está muy dilatada, la niña va a salir.

Mi vida es un capítulo de una *sitcom*. Entré rápido en el paritorio y me pusieron la epidural. No sé si por el estrés o por la anestesia, pero me quedé dormida en medio del parto. Esto provocó que se me movieran las lentillas por la sequedad del ojo y regresé a mi estado natural de catorce y seis dioptrías, respectivamente, en cada ojo.

Con las prisas no me las había quitado y ahora tenía una masa de carne rosa desenfocada que decían que era mi hija. Me las coloqué bien como pude con los dedos y conseguí definir la imagen más bella que había visto nunca. Se la llevó la enfermera para limpiarla y le pedí al doctor gangoso mi última voluntad:

—Dame un cigarro, por favor, que prefiero morirme que pasar por otro día como el de hoy.

7

Primeros contactos

Mi cabeza era un hormiguero al que se le había pegado con un palo: habitualmente concurrido, en apariencia desordenado y trabajando a mil por hora, pero tras el golpe, un completo caos de emociones y elucubraciones sobre posibles futuros próximos. De tanto pensar en la muerte, era inevitable la aparición intermitente de recuerdos donde me crucé con ella, predominando nuestros primeros encuentros.

Con frecuencia, el primer contacto que tenemos con la muerte es rememorado hasta que llega la nuestra. No se olvida con facilidad. La primera vez que yo tuve que reparar en su existencia tendría poco menos de ocho años. En este caso, no tuve que afrontar la muerte de un ser humano, pero sí de un ser querido.

En el mercado de abastos de Cádiz, todos los domingos se colocaba en una esquina un hombre que vendía pollitos de colores. Cada fin de semana nos acercábamos corriendo al oír el centenar de píos que salían de una caja de cartón en el otro extremo de la plaza. Bueno, no eran exactamente de colores. Estaban teñidos con un tinte, espray o cualquier otra sustancia idónea para ser repudiada hoy en día, de forma unánime, en un vídeo viral. Verdes, rosas, naranjas, azules... Unos pompones adorables hasta que pasados unos meses crecían de tamaño y salía a relucir su verdadero plumaje, quedando el cantoso color inicial reducido a un flequillo mal teñido, como el del cantante de un grupo de pop coreano. Imposible adivinar su género, como el del cantante coreano.

Mi madre, situada en la gruesa línea entre el veganismo y el maltrato animal, consideró buena opción comprarme uno de esos pollitos —bueno, comprarnos uno para todos los hermanos—, más como una inversión en un puchero a largo plazo que a modo de regalo. Ninguno de nosotros contaba con esa etapa, pospollito y precaldo en la que el animal se dedica exclusivamente a comer, cagar y hacer ruido, así que fue condenado al destierro más injusto posible por una aplastante mayoría de un voto a favor.

—El pollo este, para Zahara con la abuela —sentenció mi madre de manera dictatorial y no hubo más que hablar.

El primer fin de semana que mi padre tuvo libre, sin pensárselo dos veces nos montó en el Renault 5 a los siete niños, su santa esposa, mudas limpias, mantas, comida y aquel pollito celeste en edad de empezar a cambiarle la voz y salirle sus primeros granos.

Mi madre lo guardó en una bolsa de plástico, dentro de un bolso de escay negro, para que no ensuciara el coche. Era una verdadera máquina de echar mierda. Como tenía sentimientos —el pollito, no mi madre—, decidió dejarle la celeste cabecita anudada con la bolsa y atrapada con la cremallera del bolso para que sobresaliera por fuera. De modo que durante el viaje podía respirar y lo dejaba afónico durante el trayecto. Mataba dos pájaros de un tiro. Perdón por la desafortunada expresión. Nosotros tampoco es que fuéramos cómodos precisamente. Mis padres no serían muy animalistas, pero eran unas personas justas. Por ser la más pequeña, yo iba agachada a los pies de mi hermano deseando haber nacido pollito.

De camino a Zahara, antes de llegar a Barbate, mi padre se dio cuenta de que el pollito tenía la cabeza en peso muerto hacia abajo y no reaccionaba demasiado a ningún estímulo. Él empatizaba más que mi madre con los animales. Lo veía tan tierno como uno de esos rosas de la caja de cartón.

—¡Lola, Lola! ¡El pollo! ¡Sácale la cabeza de ahí que se va a ahogar!
—¿Qué hago, Luis? ¿Dónde lo meto?
—¡Hazle el boca a boca!
—¿Cómo le voy a hacer el...? ¡Mira para adelante que nos vamos a matar!

Ya era tarde, no había vuelta atrás. El caos se había apoderado de un ya caótico coche de por sí. Los siete hermanos reprochábamos gritando y pataleando a mi madre que sacara un desfibrilador o lo operase a corazón abierto en el salpicadero. Mi padre desaceleró, aparcó el coche en la cuneta, corrió hacia el lado del copiloto, abrió la cremallera del bolso, sacó con delicadeza al pollito y comenzó a hacerle la respiración boca a boca con la heroicidad de David Hasselhoff en el punto álgido de un capítulo de *Los vigilantes de la playa*.

—¡Vamos, papá! ¡Tú puedes! ¡No dejes
que se muera, papá! —gritábamos
animando al reanimador.

A cada soplido de aire que insuflaba, le seguía
una inspiración profunda con un comentario de
desaprobación a mi madre.

—Hay que ver, Lola… ¡Fiu! Mira que
ahogarlo… ¡Fiu! No tienes sentimientos,
de verdad… ¡Fiu!

Tarde. Había fallecido. Se hizo el silencio en
el coche hasta llegar a Zahara. Construimos una
cruz con palitos de madera y cavamos un hoyo pequeño en el patio trasero dispuestos a darle un
entierro digno por la tarde. Tras almorzar un puchero sin apenas cruzar palabras unos con otros,
me dispuse a recoger mi plato de la mesa. Y al ir a
tirar a la basura los cuatro garbanzos y el trozo de
tocino que no me había comido, vi entre los restos
un pequeño flequillo azul celeste.

—¡El pollo! ¡Mamá ha tirado el pollo a la
basura! ¡Mamá ha tirado el pollo! —grité
dando la voz de alarma al mismo tiempo
que derramaba el poco caldo que quedaba
en mi plato.

Al caerle en la cara al pollito, abrió los ojos y empezó a mover el cuello intentando escapar.

—¡Mamá, que el pollo está vivo! ¡Que está vivo! —les dije a todos, que vinieron a contemplar el milagro.

Mi madre al verlo aseguró:

—¿Veis? De ahí viene la expresión que un caldo revive a un muerto.

No tuve contacto con la muerte de nuevo hasta pasados los veinte años. Yo estaba trabajando de auxiliar de enfermería en el Puerta del Mar. Un hospital que ya parecía viejo hace treinta años, pero que aún hoy sigue dando cobertura a Cádiz capital y a parte de la provincia.

Eran mis primeros días como empleada y mi compañera me comunicó que teníamos que amortajar a un hombre que había fallecido. Se trataba de un cura. Un cura clásico, canónico, de aquellos que conocía todo el barrio y era obsequiado por sus parroquianos con chorizos, quesos y vinos. Sin exagerar, pesaba unos ciento cincuenta kilos. No se podía decir que había llevado una vida austera y franciscana. Había vivido como Dios, que no es lo mismo.

La habitación en la que se encontraba era compartida con otro señor. Solamente un biombo abatible de tela blanca separaba ambas camas. Tuvimos que pedir ayuda para trasladar al padre de la cama a la camilla. Era imposible levantar tanto peso entre dos personas. Y menos si una era tan canija que podía esconderse detrás del biombo incluso si se colocaba de canto. Mientras esperábamos a los refuerzos, el compañero de habitación preguntó detrás del biombo:

—¿Se ha muerto el padre?, ¿no me digas
que se ha muerto el padre?

No sé si por no saber dar una noticia que, por su tono, parecía que le iba a afectar o por no tener muchas ganas de consolarlo, decidí mentirle.

—Anda ya, qué va a morirse ni morirse,
¿verdad? —comentaba mientras le
colocábamos algodones en las fosas
nasales.

Menos mal que no nos podía ver. Es la prueba irrefutable de que alguien está muerto. De ahí la expresión «el algodón no engaña».

Cuando llegó la pareja de celadores decidimos sujetar al cura cada uno por una extremidad y pasarlo a la camilla a la de tres. Una, dos y tres. ¡Pum! Se nos cayó al suelo. Gran batacazo de 5,3 en la escala Richter.

—Este no ha dado una hostia en su vida como la que se acaba de pegar —se me escapó.
—¡Shhh, calla, Paz! —me dijo mi compañera.
—Uy, perdón. Dios te salve María, llena eres de gracia….
—¿Qué haces?
—No sé, rezar. ¡Yo que sé, me ha dado por ahí! Si hubiese sido Georgie Dann, pues lo mismo canto *La barbacoa*, pero al ser cura…
—¡Calla!
—¿Qué ha pasado? ¿Está muerto el padre?
—preguntó de nuevo el hombre de la cama de al lado.
—¡No, no! —respondimos todos.
—¿Seguro que no está muerto?
—¡Que no!
—Entonces lo habéis matado vosotras con el porrazo que se ha dado.

Levantamos al hombre como pudimos y condujimos la camilla hasta la sala de autopsias del hospital donde acompañé al tanatopráctico en su función de acondicionar el cuerpo antes de amortajarlo. Fue una experiencia impactante más que perturbadora. Una sensación parecida a cuando, en una película de miedo, te tapas los ojos con las manos para no mirar una escena desagradable, pero entreabres los dedos para continuar viéndola. Tú que siempre te habías considerado una mujer fuerte, a la que le gustaba lo escatológico, hablar de guarrerías, ensuciarse, de repente, te observas frágil y asustada al enfrentarte a un cuerpo humano sin vida.

Después de diez minutos horrorizada por la frialdad con la que ese señor asistía el cuerpo, me di cuenta de que era eso, un cuerpo. Entendí que se trataba de un trozo inerte de materia, un tronco desvencijado en el bosque, una mera funda que, en su día, por una serie de reacciones bioquímicas, tenía consciencia, pensaba, hablaba, caminaba o soñaba como yo.

8

Solo sé que no sé nada

La muerte es un asunto de vital importancia, y yo, al igual que Sócrates, solo sabía que no sabía nada acerca de ella más allá de lo que se nos ha inculcado desde pequeños. Es algo tétrico, angustioso, triste. Lo primero de todo: ¿por qué tenemos que morir? ¿Qué ocurre al morir? ¿Cuál es el sentido de nuestra existencia? Nacemos, crecemos, algunos nos reproducimos, asistimos a un montón de sitios por compromiso a los que no queremos ir y nos morimos. Dentro de los grandes dilemas filosóficos, la muerte siempre ha ocupado un lugar privilegiado.

En el siglo V a. C. el griego Platón, de la misma época que Sócrates, dijo:

—Yo sí sé un poquito.

Y enunció que la muerte era la manera de liberación del alma de su cárcel, el cuerpo. Depende qué cuerpos, si llega a ver el de Beyoncé en lugar del suyo, quizás no lo llama cárcel, lo llama palacio.

Para Platón, saber que vamos a morir es lo que hace que la vida sea única e irrepetible. Para él ser inmortal era un continuo «bah, paso» y «para qué». Una adolescencia, pero sin esas ganas compulsivas de sexo.

En esta filosofía de vida la mejor santa Teresa de Jesús, escritora, filósofa y la primera gótica de España. Un día dijo:

—Vivo sin vivir en mí y tan alta vida espero,
que muero porque no muero.

Muero porque no muero... ¡Qué ansias con morir, por favor! Esa ni se quería morir ni nada, lo que le gustaba era llamar la atención. A saber qué se había tomado, ahora entiendo lo del éxtasis de santa Teresa...

Aristóteles, discípulo de Platón, consideraba como este que la muerte significaba la separación del cuerpo y el alma. Especificaba, además, que todos los seres vivos tenían alma, incluidos los vegetales. De lo que se deduce, siguiendo una lógica aristotélica, que este no comía de na, tenía que estar muerto de hambre.

Por otra parte, Epicuro opinaba que «no debemos asustarnos al pensar en la muerte porque nunca vamos a coexistir con ella, si estamos nosotros, no puede estar la muerte y al contrario». Imagino que esto lo afirmó antes de apagar el canuto. De lo que se deduce que Epicuro se comía todo lo que no quería Aristóteles, después de fumarse un cigarrito de los suyos.

Lo cierto es que, salvo los cuatro filósofos que sí pretendían resolver el misterio de la muerte —eso sí, a base de pensar, sin moverse mucho—, la población griega no celebró ceremonias mortuorias hasta varios siglos más tarde, en parte porque, en sus inicios, su religión politeísta pasaba un poco de enseñanzas espirituales y libros sagrados. Como gran parte de su cultura, sus rituales religiosos más famosos, los Misterios de Eleusis, también fueron copiados por los romanos. Roma no se hizo en un día, poquito a poco lo plagió y colonizó todo. Eran los chinos de la época. La parte más importante de la fiesta era la iniciación de los participantes en doctrinas religiosas secretas relacionadas con la inspiración de la vida después de la muerte.

El romano Cicerón decía que filosofar no era otra cosa que prepararse para morir, cada uno se prepara como puede, cada uno llega a sus conclusiones. Cicerón no era ni filósofo, ni jurista, ni político, ni escritor ni orador, era equidistante. Él no se mojaba con nada.

—Cicerón, ¿qué opinas de la dictadura de Julio César?
—Hombre, bien no está, pero tampoco es el momento de reabrir viejas heridas…

Sin embargo, Tito Lucrecio sí se mojaba. Tito Lucrecio, que tiene nombre de cantante de salsa, dijo de la muerte que «ni antes nos dolió ni después nos dolerá». Que ahora que lo pienso, perfectamente puede ser el estribillo de una salsa o bolero.

El romano que terminó por resumir esta canción con dos palabras fue Horacio, *carpe diem*, que para los que no saben latín, traducido resulta *hakuna matata*. Ahora sí lo entendemos todos y todas. Vive la vida, disfruta el presente, siente el momento. Más que versos de un bolero, bien parecen frases soltadas al azar de una canción de tecno de la Ruta del

Bakalao de los noventa. Una vez más, vemos cómo la historia es algo cíclico y se repite la decadencia del imperio occidental.

La muerte se ve de manera distinta dependiendo no solo de la época, sino de la cultura. La muerte europea no tenía nada que ver con la visión en Sudamérica de las culturas precolombinas, ni esta con Oriente Medio ni con el lejano oriente, que era lejano por algo.

Los pueblos precolombinos —incas, mayas, aztecas...—, debido a que su religión era eminentemente guerrera, realizaban sacrificios humanos para congratular a los dioses: el señor y la señora de los infiernos Mictlantecuhtli y Mictlancihuatl. Famosos por su sed de sangre insaciable y porque sus nombres no cabían en el buzón de su casa. Para ello utilizaban a prisioneros de guerra o esclavos sin distinción —aquí los de raza negra no tenían más papeletas de ir a la silla eléctrica, como en Estados Unidos—. Aunque se cree que también existían voluntarios, no solo era un acto de salvajismo, ya que la víctima se unía a las deidades; algo bueno debía de tener. Los que morían de un modo diferente eran cubiertos con banderas, maíz y agua para su viaje hacia el otro mundo antes de ser incinerados o enterrados. El sacerdote se acercaba antes de prender fuego y les daba un último consejo del tipo «llévate una rebequita, que allí refresca por la noche». El mismo sacerdote que era encargado de realizar los sacrificios en la terraza de las pirámides.

Aún no sabemos cómo, a miles de kilómetros, en el antiguo Egipto, las pirámides también se construían con fines funerarios. En esta ocasión los únicos seres humanos sacrificados eran los esclavos que las construían. Las pirámides en Egipto eran auténticas tumbas, utilizadas por faraones e individuos con poder económico suficiente para correr con el gasto de las infraestructuras. Contaban con numerosos pasadizos y dispositivos para evitar el saqueo de la cámara principal. En los sarcófagos, saturados de jeroglíficos, se introducía el ataúd y dentro el cuerpo de aquel que aspiraba a vencer a la muerte y vivir en el más allá. Para conservar el cuerpo del difunto se usaba la técnica de embalsamamiento conocida como momificación. Si no era reconocible, corría el riesgo de no ser admitido en el más allá. Para los más jóvenes, era como un portero de discoteca que no os deja pasar porque no os parecéis al de la foto de carné y piensa que sois menores de edad y lo habéis falsificado.

Se trata de un embalsamamiento tan preciso que todavía hoy no se conocen los productos y la técnica empleada con exactitud. Las momias se introducían con un ajuar de objetos valiosos que poseyeron en vida para que pudieran llevarlos consigo. Fuera del ataúd dejaban los llamados vasos canopos con sus órganos dentro. Parece que a aquella discoteca tampoco dejaban entrar con los vasos de bebidas de la calle. En ocasiones, tanto en Egipto como en China, se enterraba a los esclavos con sus amos por si en la otra vida seguían necesitando sus servicios. De hasta que la muerte nos separe nada, lo siento.

En China, sin ir más lejos, bueno, a unos nueve mil kilómetros de aquí, también se le daba especial importancia a la tradición fúnebre. Como son ordenados para todo, su población tenía —y aún conserva— actos para llevarse a cabo antes y después de la muerte. Cuando la persona se encuentra en el umbral de la muerte, se acostumbra a trasladarla fuera de casa para «evitar que los espíritus acechen el cuerpo y pueda irse en paz». No que llevamos años queriendo convertir el cuarto del abuelo en un despacho… Por si fuera poco, se le quita la almohada y se tira al techo de la vivienda. Que digo yo, sin ánimo de ofender, que el techo de las residencias de ancianos parecerá la fábrica de Pikolin. Una vez fallecido, en el velatorio se reúnen los familiares de acuerdo a su posición en la familia y el que llegue tarde, tortura china, tiene que pasar el velatorio de rodillas en el suelo. Ese día nadie puede ir de color rojo, ya que el rojo significa alegría y eso puede provocar que el difunto se convierta en fantasma —de esto mejor no opino, que yo nunca actúo de amarillo por si acaso—. Una vez allí se juega a juegos de azar. Me imagino la conversación entre la madre y el hijo:

—Hijo, el abuelo ha fallecido.
—¿De verdad? ¡Me pido el verde en el parchís!

Concluida la ceremonia se atornilla el ataúd —por si acaso— y se dirigen en procesión cortejando el féretro hasta el cementerio, ubicado siempre en las laderas de las montañas por mejorar el *feng shui*. Se cree que a los siete días el alma del espíritu retorna a visitar a los miembros de la familia, por lo que es tradición hacer una línea de harina o talco en la entrada de la casa. Si a la mañana siguiente permanece intacta, significa que no ha entrado; si se ha esparcido, es señal de que ha entrado en el hogar; y si no hay nada, es que ha entrado el espíritu de Amy Winehouse y se la ha esnifado.

El miedo a la muerte ha sido una constante a lo largo de la historia en la mayoría de las culturas.

Sean asiáticas, europeas o sudamericanas, siempre iba asociada a símbolos y tradiciones profundamente tristes. En Grecia y Roma se representaba con el símbolo de una antorcha apagada, la oscuridad total. Siglos después, el cristianismo la simbolizó con una guadaña. Y es que desde la aparición del hombre en la tierra la naturaleza de la muerte se ha relacionado de manera directa con las creencias religiosas sobre la existencia de la vida después de ella.

Tanto cristianismo como islamismo suelen señalar la muerte como una separación del cuerpo y del alma. El fin de la vida física pero no de la existencia. En el judaísmo recibiremos la verdadera recompensa en un futuro próximo —resurrección de los muertos—. El alma viene de la esencia más íntima de Dios. Está formada por tres partes, como una tarta de tres chocolates, y tras la muerte no tiene un lugar de descanso los primeros doce meses, viendo el propio cuerpo descomponerse durante ese año.

En el cristianismo, el alma son nuestros sentimientos y pensamientos. No vienen a visitarnos, sino que marchan al morir el cuerpo para ser sometidos a juicios. Si has vivido conforme a los preceptos de Dios irás al cielo, o de lo contrario, al infierno. Es decir, es más difícil entrar en el cielo que aprobar unas oposiciones para jueza. El resto ya lo sabéis, el infierno es donde está el demonio y sufriremos un castigo eterno por nuestra vida pecaminosa. El cielo es esa inmensidad celeste con nubes, pero con mucho sol, en algún sitio entre la estratosfera y la troposfera, a la que se accede por una escalera mecánica como la de El Corte Inglés, pero dorada. En la religión cristiana importa la forma en la que has vivido, no cómo has muerto, y para judíos e islamistas sí que importa y mucho. Para los primeros, si tienes una muerte abrupta, el alma estará vagando fuera del cuerpo más tiempo; y para los islamistas, dependiendo de cómo hayas fallecido irás o no al paraíso, al jardín, en vez de al infierno. El paraíso especial es reservado para los que dan su vida por Alá en el combate de la yihad, la guerra santa. Si es hombre, será obsequiado con setenta y dos mujeres vírgenes. Por el contrario, la mujer solo con un hombre, pero con todas las cualidades físicas posibles. Yo, qué queréis que os diga, prefiero un tío que esté cañón que setenta y dos jóvenes vírgenes inmaduros con acné, inseguridades y continuos gallos en la voz.

A Antonio y a mí nos encantaba la serie *Vikingos*, siempre lo llamaba mi vikingo y le decía, de broma, que sus besos me hacían llegar al Valhala, el paraíso en la mitología nórdica. El Valhala suena muy bonito y exótico, pero tenía que ser un coñazo. Cuando me dio por buscarlo para fantasear, resulta que era un salón muy grande al que iban los mejores guerreros que habían muerto en batalla, no para beber vino o fornicar, sino para seguir preparándose para la contienda final. Hay que ver, todos esos vikingos musculados y sudorosos, haciendo pesas ahí... Bueno, me gustaría ir, pero ser una de las que trabaja en el *catering* del Valhala, por si cae alguno en un ratito de descanso.

En España, la religión católica, la más practicada desde que Isabel y Fernando culminaran la Reconquista, ha sido la base de nuestra relación con la muerte por los siglos de los siglos. Amén. Fundamentada en el miedo que infundía no conseguir la salvación divina y representada con el color negro, el silencio, el llanto y la tristeza autoimpuesta. ¡Como si no fuera triste una pérdida de por sí! Esto se observa hasta en las tradiciones del 1 de noviembre, Día de los Difuntos o Día de Todos los Santos en nuestro país. A cuál más aburrida. Cabe la excepción de Cádiz, que en la plaza de abastos, en la fiesta de los Tosantos, los comerciantes parodian escenas satíricas con los productos de su tienda. Se puede ver un Pablo Iglesias y un Pedro Sánchez con la cabeza de un cazón y de una pescadilla con coleta o la plantilla del equipo de fútbol del Cádiz con los cuerpos fabricados con calabacines.

En el resto de España se practican actividades tan divertidas como la Castanyada, en Catalunya, que consiste en comer castañas asadas; el Gaztañarre Eguna, donde los familiares se reúnen para realizar una comida juntos, y no pueden faltar castañas asadas o la Noche de los Finaos, en Canarias, donde los miembros de la familia se reúnen **para** contar anécdotas de los finados, ah, y para comer castañas asadas.

Leyendo sobre la forma de festejar el Día de los Difuntos, me ha llamado profundamente la atención la manera tan distinta que tienen en México de concebir esta celebración. Sí, una verdadera celebración de la muerte, un recordatorio con alegría de sus seres queridos. Los cementerios se llenan de familias que llevan comida, bebida y equipos de música para pasar el día o los días que se encarten de fiesta. En los hogares se realizan altares con fotografías de los difuntos, donde se colocan platos de aquello que les gustaba comer y beber o calaveritas literarias, versos relacionados con la muerte y dedicados al difunto.

Al buscar más ejemplos de la muerte como celebración, aparece, además, la región de Tana

Toraja en Indonesia. Donde se preparan para la muerte como un viaje que realizarán los difuntos, y el día de su funeral se celebra en todo el pueblo. Se hacen vacas a la brasa para dar de comer gratis, los vecinos llevan regalos a la familia del fallecido y el colmo es el día del Ma'Neme. Una ceremonia que consiste en sacar a los difuntos de sus tumbas cada tres años, y luego se les limpia, se cambian las ropas y se pasea con ellos por el pueblo.

Pero Ghana, en la costa oeste africana, se lleva la palma en cuanto a celebrar el fallecimiento de alguien, hasta el punto de gastarse mucho más dinero que en una boda. Son eventos sociales que se anuncian hasta en las vallas publicitarias de las carreteras y a los que asisten cientos de invitados. A mayor número de asistentes, más apreciada era la persona fallecida. Esta ritualización del duelo como una fiesta con comida, bebida, música, bailes y color parece ayudar psicológicamente a sobrellevar el duelo a los familiares. Es llamativa la decoración del ataúd con motivos que recuerden a la persona difunta: si era piloto, la caja se hace con forma de avión; si era pescadero, con forma de pez; y si era actor porno, con forma de DVD.

Yo recuerdo cuando estuve en Benín, el país del vudú, y fui a un… Mierda, la muñeca.

9

Mzungu

—Buenas, ¿Paz Padilla?

—Sí, la misma. ¿Con quién hablo?

—¡Hola, Paz! Soy Jesús Calleja. Vamos a hacer un reportaje de *Planeta Calleja* en Benín, en África, y te llamaba para preguntarte si te gustaría venir con nosotros de invitada.

—¡Qué pasa, Jesús! Una preguntita, ¿puede venir también mi pareja?

—Por supuesto, faltaría más.

—Entonces, cochino el último.

¡Qué trabajo me costó convencerlo! Antonio solo me exigió dos condiciones: no ser grabado por las cámaras para no aparecer en pantalla en

ningún momento y que no me cachondeara de
él.

—Paz, por lo que tú más quieras, que a mí
me da miedo esa clase de viajes y lo paso
mal, déjate de cachondeo conmigo, por
favor —me rogaba.
—Que no, Antonio, viaje de enamorados.
Nada de cachondeo, de verdad. Palabra de
scout.

Yo quería que viera con sus propios ojos lo di-
verso que es el mundo y lo afortunados que somos
de vivir como vivimos. A eso se llama estrenarse
por todo lo alto. De Cádiz, cuna del arte y la sal a
Benín, cuna del vudú. Uno de los países con menos
recursos de África. Benín. ¡Qué hambre más mala!
Si pasamos hambre nosotros que teníamos dinero... Nuestra dieta era arroz de primero, arroz para
empujar y arroz de postre, y si hubiesen puesto un
cafelito, sería café con arroz.

Un día nos dijo Jesús:

—Hoy dicen que hay pollo.

Y nos levantamos como si hubiera marcado
un gol tu equipo: «¡Pollo, pollo! ¡Sí! ¡Arroz, arroz,

arroz / hemos venido a por el pollo / el resultado nos da igual!». Y cuando nos lo pusieron, era como una medalla de oro en halterofilia. ¡Qué cosa más dura de carne! Parecía que le daban de comer piedras en vez de pienso. Era como si el cocinero trabajara de dentista por la tarde y quisiera que se nos cayeran dos o tres dientes a cada uno. Acabamos chupándolo como si fuera una piruleta porque no podíamos darle ni un bocado.

Veintitrés platos de arroz después, es decir, varios días después, Calleja nos tranquilizó diciéndonos que teníamos programado un banquete en el palacio real con el mismísimo rey de Benín, a la hora que le diera la real gana a él. Me acordé de cuando mi madre nos decía a mis hermanos y a mí:

—No comáis, que luego vamos a una comunión y os hartáis allí.

De esa forma nosotros arrasábamos como el huno Atila con todo sándwich habido y por haber, y mi madre se ahorraba dos comidas para siete hijos. Lo que al cambio en Benín vendría a ser unos diez platos de arroz.

Si estáis pensando al leer esto en un palacio recargado hasta el último milímetro como el de Versalles o incluso algo un pelín más discreto como el de la Zarzuela os invito a buscar en Google «Imágenes palacios reales de Abomey». Además de patrimonio de la humanidad, es un conjunto de viviendas de trescientos años de antigüedad fabricadas con muros de arcilla roja —único material que se ve en kilómetros a la redonda— y tejados de uralita dispuestas en torno a una serie de patios centrales, también de arcilla roja, con algún arbolucho suelto. Ya está. A este particular palacio nos acompañó haciendo las veces de embajador, al igual que a otros muchos puntos de nuestro viaje, el encantador príncipe de Benín, que, aunque suene parecido, no tiene nada que ver con el que encarnó Will Smith.

—Laaaa sigüeñaaaa babaguitsi babá. —Se oía gritar a lo lejos en el patio central, como el que vende cangrejos, camarones y bocas.

Exactamente eso no fue, seguro, pero la introducción de *El ciclo sin fin* de *El Rey León*, escrita de aquella manera, es lo único que se me ocurre para tratar de describir mis impresiones de la forma más fidedigna posible. Todo esto sin un ápice de racismo, con el mayor de los respetos al hospitalario pueblo de Benín y su milenaria cultura, que es lo que se suele decir cuando una no está del todo segura de si la ha cagado o no. Suele ser que sí, de ahí la duda, pero aliviamos de inmediato nuestra conciencia soltando esa frase. Si colocamos delante de la frase ofensiva en cuestión «con todos mis respetos» o «sin ánimo de ofender», nos exime de cualquier compromiso con la burrada que soltemos después. Así que, sin ánimo de ofender, entre el polvo de la arcilla y el calor, el ambiente era tan infernal como una caseta de la Feria de Sevilla, con todos mis respetos. Tras el grito que no sé emular de una manera que no sea levemente racista, apareció un grupo de mujeres con faldas, brazaletes y collares de coloridos flecos, danzando al son de decenas de tambores una preciosa coreografía de bienvenida.

Al baile, plagado de tambores, gritos y palmas, lo siguió uno nuevo plagado de tambores, gritos y palmas. Ellos son muy de bailes y tambores, pero este era diferente. Había dado comienzo el impactante rito vudú.

—Tum tucutucutúm tucututucutúm…

Vale, paro ya de describir sonidos, describiré la sensación general que me produjo. La alegría, las sonrisas y los colores dieron paso a la seriedad y la solemnidad. Fue similar a pasar de carnaval a Semana Santa en cinco minutos.

Decenas de mujeres bailaban con el rostro sobrio pintado de blanco, unos culos enormes con faldas de plumas, máscaras hechas con cráneos de vacas y antílopes, y toda clase de huesos, colmillos y cuernos a modo de complementos. Precioso e impactante a partes iguales. No sé qué se le pasó por la cabeza a Jesús al ver aquello que rápido me dijo:

—No se te vaya a ocurrir reírte de ellas, Paz, quédate aquí conmigo, que el rey puede ofenderse.
—Lo siento, Jesús, no puedo contenerme. Luego le decimos al traductor que le diga «con todo mi respeto» en su idioma.

Ya eran muchas personas bailando disfrazadas para que yo me quedara quieta. Me acerqué corriendo a un grupo de bailarinas santeras para retarlas a un duelo por ver quién perreaba más cerca del suelo. A este duelo se sumó Antonio y nos ganó a todas. Es broma, pero no me negaréis que no hubiese sido un bonito giro de guion para el libro. Es broma también lo de que Antonio se metiera en el corro a bailar, pero sí es cierto que las santeras se meaban de risa porque no habían visto bailar así en sus vidas a una *mzungu* —persona de ascendencia europea en idioma bantú—.

Más que de mi *waka waka* se enamoraron de mis tetas. Todas contemplaban atónitas cómo se mantenían en el aire sin que la gravedad hubiera hecho su debido efecto. La silicona sí que era magia negra para ellas que, con todos mis respetos, les colgaban como dos calcetines llenos de arena.

La jefa de las santeras me las apretaba más que la máquina de las mamografías para intentar comprender lo que sus ojos estaban viendo.

—¡Ya está, que me las vas a poner de joroba como un camello! —le tuve que decir.

Con la excusa de la curiosidad se puso fina. Entre eso y que se saludan con dos besos en las mejillas y uno en la boca, me faltaron dos ceremonias más para que me llevara al huerto o adónde sea que te lleven allí.

Y mientras una santera con el culo como dos sandías le quitaba a su novia, Antonio estaba más preocupado por las posibles enfermedades contagiosas que pudiéramos coger por la falta de higiene, echándome gel hidroalcohólico después de cada cosa que tocaba. Todo un visionario.

Nos condujeron a unas humildes salas para colocarnos una indumentaria adecuada para nuestro encuentro con el rey. Collares de cuentas de colores, túnica con estampado étnico rosa fucsia y verde limón y turbante a juego con lo que le sobraba de tela. Allí no se tira nada, la familia entera se viste con la misma tela hasta que se acaba, y, si sobra, se utiliza para un mantel o unas cortinas.

El príncipe, Romeo, que más que un guía lo recordamos como un amigo, nos explicó el protocolo pertinente para saludar a su majestad mientras nos conducía a la sala por aquellos mal iluminados pasillos. Y cuando vimos al rey en el trono, me tuvo que tirar Jesús con disimulo porque ya se me había escapado un leve:

—Uy, el rey…

Era una mezcla entre Eddie Murphy en *El príncipe de Zamunda* y un rey Baltasar cutre de una cabalgata de pueblo. La corona directamente era la de un roscón de Reyes, pero de oro macizo y de unos dos dedos de grosor. Lo que ahorraba en telas lo invertía en el Compro Oro. No recuerdo si tenía piedras incrustadas, pero sí tenía incrustada una cabeza de lo que pesaba. Además, entre su túnica de terciopelo gorda tipo cortina de teatro y los 50 °C que hacía, poco a poco se le iba encajando más debido a las gotas de sudor que lubricaban su real calva. Eso sí que es soportar el peso de la corona y no lo que hacen los Borbones. Bueno, menos Sofía, que la pobre, aparte de soportar el peso de la corona, soporta el peso de otras dos cositas en la frente.

Postradas delante de él, cuatro mujeres arrodilladas realizando unos rezos, agachándose y levantándose, agachándose y levantándose con una mano llevada a la boca en posición propia de toser. Tocaba saludar al rey. Teníamos que comunicarnos con el príncipe, que sabía nuestro idioma, para que le tradujera el mensaje al secretario y este decirle lo que fuera al rey.

—Ahora tenemos que comunicarle al príncipe, que hará de traductor para el secretario del rey, que venimos de España, con respeto por sus tradiciones y lo que simbolizan… —me dijo Jesús.
—Vale, vale, ¿le decimos que esas cuatro parece que están simbolizando una mamada o eso no?
—Paz, por favor. Venimos en calidad de embajadores desde nuestro país, España, y le traemos estas botellas de whisky con la mejor de nuestras intenciones —dijo dirigiéndose al rey.

—Mmmm… —Nos miró con
desaprobación, lo que venía a equivaler a
«valiente mierda».
—Asumbu kajumbu tzungo kalumba
—decía el príncipe al traductor y este, a su
vez, a su majestad.

El monarca seguía recto, impertérrito y sudan-
do como un pollo asado.

Pasados unos segundos de silencio, el secretario le anunciaba al príncipe:

—Bunga mobingui zantu mumuganbi.
—Dice mi padre que está muy feliz con
vuestra presencia, que es un placer y todo
un honor que hayáis venido desde tan lejos
y poder recibiros.
—¿Cómo se lo ha dicho? ¿Por telepatía?
—me preguntó Jesús.

Lo interpreté como «vía libre para el cachondeo».

—Nos sentimos muy agradecidos por ser
recibidos, su majestad. Nosotros venimos
para aprender de su cultura y compartir
experiencias, amistad y conocimientos.

Volvió a sucederse la cadena de traducciones, sin esgrimir el rey cualquier tipo de respuesta verbal o física, hasta que se dirigió de nuevo el príncipe a nosotros:

—Dice mi padre que podéis tocarle.
—Tócalo, Paz —dijo Jesús.
—Qué dices, tócalo tú.
—¿Yo? Tócalo tú, que eres la invitada. Tócale la carita…
—Que no, ¿tú has visto lo que suda esta criatura?
—Bueno, acaríciale el hombro o algo.
—¿Como a un gato?
—Sí, no sé.

Comencé a tocarlo con cuidado hasta que poco a poco fui subiendo, le toqué la cara y empecé a darle besitos en la sudada mejilla mientras que al rey se le escapaban soniditos guturales y alguna que otra sonrisa. Me vine arriba, ni protocolo ni na.

—Paz, por favor, para ya, que esta gente a saber cómo se toma eso —me pedía Jesús intentando aparentar tranquilidad.
—¡Mira, si le está gustando! Mmm, qué guapo. ¿Qué?, ¿te gusta?, ¿te hago una

pajita?, ¿tú quieres una pajita, rey mío?
—le dije.
—¡Paz, que nos secuestran, o nos encarcelan o algo!

Nos pasaron a la sala donde se iba a celebrar el banquete, decorada al estilo comedor social con cubertería y vajilla de plástico incluida. Una vez sentados, alguien gritó algo, se abrieron las puertas y empezaron a entrar personas como un banco de peces. Y venga gente. Parecía que no acababa nunca. Qué de gentío comiendo de la olla grande. Bueno, lo de olla grande... Igual el número de gente viviendo de la política y de la realeza es un buen indicador para determinar el grado de ruinazo que tiene un país.

De repente, otro grito y entraron unas mujeres del personal de servicio con unas bandejas con cochinillos asados. Casi lloramos al verlo. Por primera vez en mi vida no me daba ni una pizca de pena comerme a Babe, el cerdito valiente. Babe ni Babe: baba, es lo que se nos caía al verlo venir. Nos dieron un cuchillo para que lo cortáramos de manera honorífica. Bromeamos un poco haciendo como los novios que cortan la tarta de bodas, y cuando hincamos el cuchillo se desinfló como un globo. ¡Estaba hueco, solo era la piel! ¿Y sabéis qué había dentro? ¡Arroz!

Por supuesto, nos quitaron el plato nada más cortarlo para servirse ellos, los trescientos que había sentados. El hambre que no tendrían. Esos trescientos por un cochinillo ganan la batalla de las Termópilas en un cuarto de hora. Nos dejaron una tapita a cada uno y nos obligaron a comer con *whisky*. A mí, que apenas bebo y menos *whisky*. Acabé bailando de nuevo con la jefa de las santeras y al fijarme que no tenía dientes, invité a Antonio a bailar con ella, sin que lo supiera, por supuesto. En pleno baile, más por efecto del alcohol que por la posesión de alguna divinidad, le plantó un beso en cada mejilla y el último en la boca. Cuando esta le sonrió, casi le da un infarto.

—¡El gel hidroalcóholico, por favor! ¡El gel, Paz, que me muero, cabrona! ¡Vamos a morir aquí!

Después de la comilona nos llevaron a un templo con miles de años de historia donde se hacían ritos vudús. Antes de entrar en él, acompañamos a una familia a realizar una ceremonia vudú que, por si nos habíamos quedado con hambre, empezó con unas ofrendas a los dioses y el sacrificio de una gallina en vivo y en directo. A los dioses sí, a los dioses les ofrecemos gallinas, pero a nosotros arroz.

A pesar de que durante la entrevista nos dijeron que el vudú no se hacía para hacer daño, sino para la paz, acojonaba igualmente. Como todo lo que se hace allí, iba precedido de un baile acompañado de percusión. Estoy segura de que si algún día tienen que ir a entregar un papel a Hacienda, van bailando y tocando tambores.

En un momento determinado aparecieron unos matojos de paja de dos metros que, imaginábamos, se movían de un lado a otro porque alguien en su interior los manejaba. Rociaron con la sangre de la gallina uno de los matojos y comenzó a correr despavorido con el crescendo de los tambores. Cuando se paró, lo destaparon y salió una serpiente pitón de dos metros. Os prometo que no había nadie. Pa cagarse en sus castas. Tratábamos de darle una explicación lógica a lo que veíamos, pero no la tenía. Unos oráculos entraban en una especie de trance después de haber tomado vete tú a saber qué sustancia; eso sí, pura y sin cortar, desde luego.

Calleja vio mi cara de pavor observando a un hombre convulsionar en el suelo y me tranquilizó:

—Solo están escenificando una historia, es una obra de teatro —dijo.

En un intento de aliviar la tensión, imité al intérprete revolviéndome en el suelo como él. La broma duró hasta que se llevaron al hombre por las extremidades entre seis. Me dijo Calleja que estaba sufriendo un ataque epiléptico.

Al corazón del templo solo me dejaban pasar a mí, por lo que me dieron una cámara de mano para entrar. El interior lo recuerdo bastante oscuro, iluminado por velas, todo decorado de cabezas humanas, manos, velas, sangre, plumas, huesos... El paraíso de Iker Jiménez. Temblaba a cada paso que daba cagada de miedo. No digo que no sea cierto lo de que usen el vudú para buscar soluciones a problemas y no para el mal, pero como método para resolver conflictos prefiero ir al psicólogo, que, aunque termine con la cabeza embotada, al menos no acabo clavada en un palo. Como mucho te dan un leve clavazo en el cuello a la hora de salir. En definitiva, los documentales de África te invitan a la siesta si estás en tu sofá, con tu aire acondicionado a 22 °C. Si los vives en persona como los vivimos nosotros, no duermes más en tu vida.

Es curioso cómo nos aterra el vudú a cualquier *mzungu*, porque lo asociamos al concepto de la muerte por su simbología similar a la que utilizamos aquí para describir el infierno o cuando representamos la imagen mental de una tenebrosa secta satánica asesina.

Allí el concepto de la muerte, a pesar del componente trágico evidente de la pérdida, se vive con especial naturalidad. Entierran a sus seres queridos en el patio trasero de la casa u otra dependencia, o incluso en el dormitorio donde durmiera el difunto. Es una manera de tener su compañía presente.

En el viaje, una madre le dijo a su hijo pequeño que se fuera a jugar con el abuelo para poder hablar con tranquilidad con nosotros. Se refería a que fuera al cuarto donde estaba enterrado el abuelo, donde se daba por sentado que seguía habitando su espíritu, pero sin contar batallitas ya.

Al vudú le otorgan una efectividad total, y eso, claro, acojona a cualquiera. Ni el 99,9 por ciento como los preservativos ni hostias. Más que a la muñeca o a los elementos usados en sí, los cuales se consideran hechizados una vez finalizada la ceremonia, temen a la ira de los dioses que ejecutan las peticiones solicitadas. Parece ser que si no se hace bien o no se cumplen sus designios, mejor que no te coja en su camino. Se ve que los dioses tienen un trastorno límite de la personalidad en todas las religiones. Lo mismo están de buenas que se enfurecen por una tontería provocando un cataclismo.

Como habréis adivinado, a pesar de habérmelo desaconsejado desde Jesús Calleja hasta el rey de Benín, me traje de recuerdo una muñeca de vudú —allí hay el mismo número de tiendas de suvenires que de Mercadonas. No creo que sea necesario aclarar que la muñeca se había utilizado anteriormente en un ritual real de alguna familia. La expuse en el salón solo unos días. El tiempo que tardó Resty, la empleada doméstica de origen africano que trabaja en casa, en dejarme claro que, o se iba la muñeca o se iba ella. Decía que la muñeca se movía sola y hacía ruidos. Me da un poco de pena recordarlo, porque la causante de los ruidos era yo, que tengo muy malas ideas, y activaba desde otro ordenador la impresora que hay en su cuarto para asustarla. Hay que ver las creencias más absurdas que tiene la gente. No se da cuenta de que también tengo mi mano de Fátima de Marruecos, mi ojo turco contra el mal de ojo, mi Ganesha de la India, mi talismán colgante de China, mi cruz de Caravaca y mi Virgen del Rosario para contrarrestar.

10

Tarzán

—Hay que poner sal en las cuatro esquinas de su cama —me explicaba Resty mientras se dirigía a la despensa para coger un paquete de sal gruesa.

No aceptaba un no por respuesta. Era lo necesario para neutralizar el efecto del vudú y que la operación saliera bien. Yo había vuelto a casa para darme una ducha y coger un par de cosas antes de volver al hospital. Estaba confundida, literalmente mareada y, al menos, era un remedio más barato que poner un solo pie en la clínica. No es que yo de repente culpara a la muñeca de la enfermedad de Antonio, como Resty, ni que tuviese una fe ciega en el poder de la magia africana, pero pensaba que tampoco pasaba nada por echar cuatro puñados de sal a los pies de la cama. Con tener cuidado con la aspiradora era suficiente.

Yo soy de ese tipo de gente que dice no ser supersticiosa, pero si se puede evitar pasar por debajo de una escalera, tampoco comprendo qué necesidad hay de ello. En momentos de desesperación nos agarramos a un clavo ardiendo. Si me llega a decir que necesito poner tres rocas lunares, me falta tiempo para llamar a la puerta de la NASA y pedirles el favor, como la que pide perejil a la vecina.

Antonio fue intervenido dos días después del diagnóstico del tumor. Según nos contó el equipo del servicio de neurocirugía, una vez eliminara su cuerpo cualquier resto del tratamiento corticoideo que recibió de urgencia, debía pasar por quirófano cuanto antes mejor.

Tras varias horas en el quirófano en las que casi acabo sin uñas o ingresada en otra cama atacada de los nervios, el cirujano nos comunicó que la operación había sido un éxito rotundo. No se equivocaba. Al salir de la intervención decía frases poco vocalizadas, y más tarde descubrí que preguntaba cómo estaba su madre, su hija y si le debían dar quimioterapia y radioterapia. Verlo tan incoherente, lleno de vendas, goteros y cables, fue uno de los momentos más duros del proceso.

Después de un posoperatorio y un trabajo de rehabilitación más breve de lo que todos esperábamos, mi marido recuperó las funciones cognitivas y motoras por completo. Quedaban por delante meses de sesiones de quimioterapia y radioterapia.

Los primeros días, mientras estaba con Antonio en el hospital, me imaginaba acompañándole en su enfermedad sin tener ni idea, dando palos de ciego. ¿Sabéis ese momento en el que te pones a darle palmaditas a los melones porque has visto a otros hacerlo —por una razón que desconoces— y al final terminas cogiendo uno al azar, fingiendo haber elegido el correcto? Pues esa era la sensación que predominaba en mí, de no tener ni puta idea de por dónde empezar los cuidados domiciliarios de un enfermo de cáncer.

El equipo médico, ante mis constantes preguntas, me tranquilizó explicándome la importancia de unos hábitos saludables durante el tratamiento oncológico, haciendo especial hincapié en el cuidado nutricional y en la realización de deporte en la medida de las posibilidades del paciente. No, lo más recomendable cuando una persona tiene cáncer no es pasarse todo el día de la cama al sofá y del sofá a la cama procurando que no entre en contacto ni con un simple ácaro del exterior. Aparte de ser perjudicial un estilo de vida sedentario por la pérdida de masa muscular, el deporte ayuda a mitigar los posibles efectos secundarios de la medicación.

Alejandro Lucía es doctor en Medicina, catedrático de Fisiología Humana del Ejercicio en la Universidad Europea de Madrid y premio Nacional de Investigación en Medicina del Deporte 2016. Para él, «hacer ejercicio durante el tratamiento atenúa los efectos secundarios de este e incluso del propio cáncer, como la fatiga, la sensación de debilidad, la pérdida de masa muscular o el estado de ánimo». También habla de favorecer el aumento de las células *natural killer* (NK), las encargadas de eliminar las cancerosas. Eso sí, aún pide «prudencia» porque queda mucho por investigar. Parece ser que la capacidad de la tolerancia de una persona a la quimioterapia es directamente proporcional a la cantidad de masa muscular que tiene.

Antonio estaba hecho un toro, en plena forma, lo que propició que desde que se intervino tuviese unas analíticas dentro de la normalidad según su médica de atención primaria y especialistas.

Con el ejercicio físico, gracias a la liberación de endorfinas, además de no sentirse abatido emocionalmente, descansaba mejor y mitigaba el dolor por su efecto analgésico, fundamental para soportar los chutes de quimioterapia que le estaban dando al pobre mío. Realizó ejercicio hasta el último día que pudo.

Lo primero es siempre crear el hábito. Cierto es que ese paso ya lo teníamos recorrido nosotros dos. Llevábamos varios años haciendo mucho deporte, como nunca habíamos hecho en nuestras vidas. Yo me compré una bicicleta estática cuando estaba de moda y se anunciaba en Teletienda que utilicé dos días; al tercero se convirtió en un adorno más de la habitación. Pasó de bicicleta estática a estética. Bueno, en realidad era un perchero superútil para tirar la ropa antes de acostarme.

La especialista de la AECC (Asociación Española Contra el Cáncer), Soraya Casla, recuerda que el ejercicio que necesita cada paciente precisa de una individualización, es distinto según el tipo de cáncer que tenga, su gravedad, cómo responde su organismo, si se ha sometido a cirugía...

Mi madre llamaba el Tarzán a Antonio cuando lo veía venir de nadar en la playa de Zahara de los Atunes, así que imaginaos cómo estaba: era un armario de caoba de tres por dos por dos con los tiradores en dorado y todo. En el gimnasio estaba apuntado en todas las clases que había y más. *Bodypump, bodybalance, bodyfitness, bodycombat, aquafit, cicloindoor, cardiobox, core, GAP, functional training, elevate, animal flow.* Que yo, cuando la monitora me preguntó si quería inscribirme a alguna clase, me apunté primero a clases de inglés para saber de qué coño estaba hablando.

Si no habéis hecho deporte en vuestra vida, no es el momento de empezar con el *crossfit.* Por si no sabéis lo que es, el *crossfit* consiste en hacer todo tipo de ejercicios de alta intensidad con tu propio peso y carga externa. De momento estás subiendo y bajando escaleras, y de pronto debes levantar camiones, objetos pesados de hierro… Es hacer una mudanza, pero pagando por hacerla. Una auténtica paliza. Ahora que sé algo de inglés puedo explicar lo que es el *crossfit* con solo traducir la palabra: *cross* significa «campo» y *fit,* «de concentración».

El otro aspecto de nuestras vidas que decidimos modificar fue la alimentación. En estas páginas no os hablaré de una dieta específica milagrosa, no. Lo lamento. Esas dietas anticáncer son una completa patraña. Dieta anticáncer son dos palabras, dos conceptos, que no pueden ir juntas, se repelen, como rey Juan Carlos y fidelidad. Desde la AECC nos insistieron desde un primer momento en que ninguna dieta que leyésemos por ahí podía asegurar que no fuéramos a tener cáncer o que fuera capaz de incidir sobre el desarrollo y la evolución de la enfermedad. Y por supuesto, jamás se nos debía pasar por la cabeza sustituir los tratamientos convencionales —radioterapia, quimioterapia o cirugía— por un conjunto de alimentos. Oiréis a muchos decir, es que si muchos medicamentos salen de las plantas, ¿por qué una infusión de esta otra planta no puede ser igual de beneficiosa? Ni caso. Fran Rivera y Kiko Rivera también han salido del mismo sitio y no tienen nada que ver.

La única dieta verdaderamente efectiva es de la que hemos oído hablar una y mil veces desde hace décadas. Una dieta sana y equilibrada, como la mediterránea, en la que se toma fruta y verdura a diario, incluye legumbres dos o tres veces por semana y preferiblemente se come pollo, pavo y pescado. En el caso de los pacientes con cáncer puede que las proporciones deban variar y, según la clase o el estado en que se encuentre la enfermedad, se deba añadir algún suplemento alimenticio específico.

Al salir de la intervención me puse en contacto con una nutroterapeuta para comenzar una dieta específica. Cuando digo que en nuestra casa todos hemos variado la alimentación, me refiero, básicamente, al tipo de alimentos. No es que comiésemos porquerías, con un exceso de fritos y bollería industrial, pero nos hemos vuelto *realfooders*. Yo le digo que me he vuelto *realfooder* a mi madre y se cree que me he metido en una secta. *Real food* significa «comida real». Con comida real me refiero a alimentos sin procesar y sin productos químicos, no lo que le hacían al emérito rey Juan Carlos I sus amiguitas. Sabemos y consentimos que nos estén envenenando con un derecho fundamental para los seres humanos, la comida. Para mantener el imparable consumo del capitalismo se le añade para su producción y conservación una larga lista de agentes tóxicos para nuestro cuerpo. ¡Muchos conservantes, estimulantes, acidulantes, edulcorantes y colorantes y muy poquitos tomates como los de antes! Que si E-20, que si N-340... Parece que están hablando de una carretera comarcal en lugar de una lata de maíz.

En la medida de lo posible debemos comer alimentos orgánicos, ecológicos, lo menos tocados industrialmente posible. Soy consciente de que este tipo de comida es más cara y la situación económica actual no está para tirar cohetes. Todo alimento que lleve el prefijo bio o eco cuesta más. Ya es caro hasta el economato por llevar delante eco. A lo que me refiero es que elijamos consumir esta clase de alimentos siempre que podamos.

Yo me obsesioné tanto con los cuidados de mi marido que nada de nada que comiera debía ser procesado. Consulté sobre los beneficios de los frutos rojos, de la cúrcuma... Me harté de leer libros sobre la relación entre alimentación y cáncer. No pensaba que eso fuera a alargarle la vida, pero todo tóxico que le quitara a su cuerpo, bueno era. Y al mío o al de mi hija de paso. Desde entonces hemos cambiado nuestra dieta por completo. Un cambio que de algún modo tengo que agradecer a Antonio. Quién sabe si la necesidad de cambiar de alimentación nos ha alargado la vida a nosotras.

Cuidaba su dieta al milímetro. Bueno, al milímetro, no olvidemos que Tarzán es Tarzán y se comía tortillas de patatas —ecológicas— como el estadio olímpico de Múnich. Si salíamos a comer fuera, le explicaba por encima la situación al camarero y le pedía si, por favor, le podía hacer a Antonio el calabacín, la berenjena y la pechuga de pollo que llevaba de casa. Pollo ecológico, eso sí. Con ecológico no me refiero a que recicla la basura en su casa, sino que no ha sido engordado con pienso industrial ni tiene más medicamentos encima que la reina de Inglaterra. Hablo solo de que no ha sido torturado o envenenado, no de que ni beba cerveza mientras le dan masajes como a las terneras de Kobe, en Japón, que viven mejor que yo. ¡Quién fuera ternera de Kobe! ¿Dónde hay que firmar?

Le dieta que había preparado incluía zumos *detox* que, a juzgar por lo que había leído, sirven para ayudar a depurar el organismo. El nombre *detox* no puede estar mejor puesto, porque a los batidos esos yo les echaba de tox; de tox lo que tenía en la nevera y las recetas de internet nombraban como ingredientes: cúrcuma, espinacas, jengibre, limón… El pobre deseaba que hubiera un nuevo zumo para depurar el zumo *detox* que le había dado.

Construí un huerto en la parte de atrás de mi casa —soy una manitas, aquí donde me veis— para cultivar nuestras propias verduras y asegurarme de que, a menos que yo le echara pesticida sonámbula, eran cien por cien ecológicas. Puede que parezca un privilegio decir que tengo un huerto en casa, pero más que un lujo es una trabajera. Todo el santo día arriñonada con la palita y las semillitas… Creo que para cuando salió mi primer tomate, me habían salido catorce contracturas en la espalda.

En un pequeño rincón decidimos construir un gallinero con diez gallinas para obtener nuestros huevos diarios para las tortillas olímpicas de Tarzán. Gallinas alimentadas sin puchero casero de mamá, pero con productos naturales. Tampoco las sometimos a la alteración de los ciclos de luz para que pusieran un mayor número de huevos —torturas propias de Guantánamo—, que terminan las gallinas preguntando por un *after* que siga abierto como los que han salido del Pachá en Ibiza.

Yo estaba con los sentimientos a flor de piel durante esos meses, como es lógico. Un día vino Resty a darme una noticia:

—Gallina va a morir, va a morir gallina, tener ojo malo.
—Anda ya, Resty, eso se le cura solo —respondí sin hacerle mucho caso.

Al día siguiente volvió de nuevo:

—Dos gallinas con ojo malo hoy, van a morir todas.

Decidí llamar a la veterinaria para que me sugiriera un tratamiento, pero me dijo que no podía recetarme ningún fármaco sin haber visto a las gallinas antes en consulta. Así que nos plantamos en la clínica Resty y yo, cada una con su mascarilla, sus guantes, su pantalla, su pulverizador y una gallina en el regazo. En la sala de espera había sentada una mujer con su perro, dos sillas de espacio, un hombre con su perro, dos espacios, dos astronautas con dos gallinas, dos espacios, otra mujer con otro perro… La doctora, tal como vio a las gallinas sabía lo que tenían; no obstante, les hizo una resonancia magnética para quedarse tranquila según nos dijo. Les puso una inyección que contenía corticoides y antibióticos y nos recetó unas gotas para echárselas diariamente a ambas criaturas.

A la vuelta en el coche, Resty no daba crédito:

—Le ha puesto inyección en muslo a
gallina como persona…
—Eso parece.
—¡Inyección como persona! —decía
asombrada mirando al infinito.
—Sí, yo tampoco sabía que se podía…
—¿Y cuánto cuesta inyección como
persona?
—Pues sumando la consulta, la prueba, la
inyección… ciento setenta euros.
—¡Ciento setenta euros inyección como
persona! —exclamó sin salir de su asombro.

—Sí, inyección como persona, no me lo recuerdes más, con el dichoso ojo de la gallina…

—¿Y cuánto cuesta una gallina nueva?

—¿Una gallina? Unos cuatro euros.

—¡Cuatro euros! ¿Y una docena de huevos?

—Un euro y medio más o menos…

—¡Un euro y medio! ¿Y por qué gastas ciento setenta euros en inyección como…?

—Como persona, sí. Yo qué sé, Resty, le he cogido cariño al animalito. No me lo recuerdes más que la tiro por la ventana.

Ella será de Tanzania, pero le gusta chincharme como si fuera de Cádiz, la cabrona. Es lo que en mi tierra llamamos una gran quemasangre. En cuanto cruzamos la puerta de casa lo primero que se escuchó antes del «¡ya hemos llegado!» fue:

—¡Antonio, Anna, ciento setenta euros inyección como persona!

A los dos días tuve que decirle que parara. Si venía alguien a casa o hablaba por una videollamada con mi familia, tenía que aparecer ella por detrás contando la anécdota de la gallina. Desde ese momento que me puso en el palo, ya no volvió a mencionar el suceso hasta un día que tuve una lumbalgia aguda que no podía moverme de la cama. Le faltó tiempo para entrar en mi habitación cuando se fue el ATS y decirme llorando de risa:

—Inyección como gallina, inyección como gallina…

Habrá que tomárselo con humor, ¿no?

Llegados a este punto de la historia ya habréis comprobado que carezco de la prodigiosa pluma de Allende. Soy escritora por accidente y atrevimiento. Como todo lo que he hecho en esta vida. Aunque haya ejercido como auxiliar de enfermería, actriz, presentadora y, en ocasiones, desempeñe el papel de empresaria, por encima de todo soy humorista o cómica de irremediable vocación. Desde que recuerdo tengo tendencia al chiste, la payasada, la broma o la pamplina, como prefiráis llamarlo. Para mi suerte o mi desgracia, ante cualquier situación cotidiana, por nimia que sea, sale disparada una catarata de tonterías que no encontrarán durante su curso ningún tipo de filtro previo antes de su salida al exterior por mi boca. Si algo se nos da bien a los cómicos es contar al mundo nuestras más míseras intimidades, nuestras tragedias. Y esta que era la mayor de mi vida no iba a ser menos.

Cuando nos comunicaron que a Antonio le quedaban meses de vida, nos encontrábamos en plena pandemia. No conozco otra forma de vivir que no se sustente en el sentido del humor, y esta situación se activó como el limpiaparabrisas de un coche moderno cuando caen las primeras gotas. Durante la cuarentena, a mí, igual que a muchos, me entró la obsesión por la limpieza. También hay que decir que yo tenía a un enfermo inmunodeprimido en casa, era normal estar asustada y querer protegerlo a toda costa. Cuando salía —lo cual solo hacía si era por extrema necesidad— me ponía gorro, pantalla, doble mascarilla, guantes, guantes de repuesto, el bote de gel colgado, el pulverizador… Mi hija Anna y yo parecíamos dos robots que buscan agua en Marte. Lo limpiaba todo con lejía varias veces al día. Era como el Roomba ese que limpia. Cada paso que daba o cosa que tocaba iba yo limpiándolo detrás con un pulverizador con lejía rebajada y un paño de cocina. Y no le daba a beber un chupito porque no era lejía ecológica… Pero de cualquier cosa sacábamos un chiste, una risa. Yo le cantaba como la ratita presumida:

—La lará larita, limpio la salita… Así
limpiaba, así, así, así limpiaba, así, así, así
limpiaba, así, así para que no lo mate la
covid.

El humor no es objetivo. No lo es ninguna disciplina artística al cien por cien, y el humor, que a mi juicio necesita de un mecanismo de procesamiento más complejo que otras, menos. Me parece incluso absurdo tener que explicar que lo que a una persona le hace gracia, a otra puede no hacérselo o incluso ofenderla. Si está muy sensibilizada con un tema sobre el que se bromea o si le afecta o involucra de manera directa, es comprensible que le cueste abstraerse y reírse. Está en todo su derecho a ofenderse por un chiste. Otro asunto es pretender que ese o esa humorista reciba un castigo judicial por el hecho de que le resulte ofensivo. Nadie debe ser llevado ante la ley por un chiste. Es más, estoy completamente segura de que los otros miles de chistes que sí le hacen reír ofenden a otras personas.

Cada uno tiene, sin darse ni cuenta, sus límites y sus propias normas éticas. Aunque nos creamos a veces en posesión de la verdad absoluta y la voz de la justicia, somos, en general, bastante injustos y arbitrarios. Criticamos cosas que luego hacemos nosotros mismos y ahora con el coronavirus no te digo na…

—Mira ese que se ha bajado la mascarilla
para darle un bocado a la manzana…
¡Ponte la mascarilla, asesino!
—Señora, que soy diabético, que tengo que…

—¡Me da igual, insolidario, que no piensas
en la salud de los demás!

¿Quién no ha visto fotos en una red social de
varios amigos y hemos dicho: «Uy, mira qué juntos,
y sin mascarilla…», y después hemos estado en una
reunión con más personas dándonos abrazos y besos? Mi cuñada es que ya, por criticar, critica hasta
a los actores y las actrices en las películas. Aunque
se hayan rodado hace años.

—Mira, Mel Gibson con todos esos
escoceses juntos… ¡Mucha faldita, pero
poca mascarilla veo yo ahí, Mel Gibson!…
¡Mucho quiero separarme de Inglaterra,
pero poquita separación con el de al lado!

También censuramos comportamientos que vemos horribles, denunciables, de mal gusto… según
quién los haga. Por ejemplo, a mí me parece una con-
ducta patológica, que hay que erradicar de una vez
por todas en Estados Unidos, llevar una metralleta a
un instituto y empezar a disparar a todos los alumnos… si no eres profesor. Obviamente, esto era un
chiste. No pienso eso. Lo digo antes de que aparezca
un comunicado del defensor del menor o, lo que es
mucho peor y más doloroso para mí, un tuit de un
completo desconocido con un pseudónimo. Eso me

hundiría, acabaría con mi carrera. De todos modos, como ya he dicho antes, respeto que alguien pueda ofenderse. Sobre todo entendería a la Asociación de Conserjes de Institutos que quieran ser incluidos junto con los profesores porque soportan el mismo número de horas a los alumnos.

—¿Y nosotros qué?, ¿eh?

Hoy no existen estudios científicos aprobados que indiquen que el estado anímico o el estrés sean causantes del cáncer o tenga un papel determinante en su evolución. Las emociones son importantes en la adaptación a la enfermedad. No sé hasta qué punto nuestras constantes bromas fueron terapéuticas para Antonio y para nosotras mismas. Lo que sí está claro es que hacían nuestras vidas más llevaderas, evadiéndonos de la dura realidad aquellos escasos minutos que duraban las risas. Sonará a tópico, pero el humor es la mejor manera de ridiculizar los miedos.

Asumo que era un humor oscurito, casi negro. Su enfermedad empezaba a afectar determinadas áreas del cerebro, provocando que se le olvidara lo que iba a decir o nombrar, o algo que le hubiera comentado escasos minutos antes. Mi solución era decirle con sorna:

—Ay, tú no estás bien, ¿eh? Tú estás mongui.

Para meterme con él lo llamaba mongui. Sí, sé lo que puede parecer, pero lo único que hacía era naturalizar el error delante de él, aunque cada síntoma que mostraba me mataba de pena.

Si vomitaba por el efecto de la quimioterapia, yo le soltaba un:

—Ojú, Antonio, ¿otra vez vienes borracho? ¡Se acabó, quiero el divorcio!
O cuando empezó a caérsele el pelo, volvía con un buen matojo de la ducha y le decía:
—¡Mira el gatito que me he encontrado en la ducha, Antonio!
—Paz, déjate de cachondeo, cabrona…
—Pero si a mí me encantas calvito. Ahora más que Tarzán eres mi Mr. Proper. ¡Ay, que te voy a comer enterito!
—Ojú, la que me ha caído —decía sabiendo que no le quedaba otra que reírse.
—¡Anda ya, si yo estoy peor que tú, no seas más tonto! ¡Si la mitad de este matojo es mío, que se me están cayendo los cuatro pelos que me quedan ahí abajo con la

edad! Mira qué porquería, que parece la cabeza del elefante de la India…

Muchos y muchas pensaréis que mis bromas eran pesadas, de muy mal gusto, sin una pizca de gracia. No me importa lo más mínimo y lo digo sin acritud. Cuando eres famosa —máxime si te dedicas a la comedia— estás tan sometida a la opinión pública, metes con tanta frecuencia la pata, que te obliga a relativizar la crítica sí o sí. Te acostumbras a estar en un constante ejercicio de introspección del que, o sales deprimida por no gustar a todos a cada minuto, o te vuelves impermeable al qué dirán y disfrutas de tu trabajo.

Perder al amor de mi vida no ha hecho más que aumentar ese sentimiento. Imagino que Antonio tendría amplificada esa sensación por un millón. Por su testimonio, y el de otros en su mismo lugar que he estado leyendo durante este tiempo, saber que tu muerte es inminente aparta de tu mente *ipso facto* lo que tiene escasa trascendencia. Es decir, casi casi todo. El dinero, la fama, el estatus, el poder, las obligaciones, las normas. Todo lo que no es el presente inmediato, el aquí y el ahora, carece de sentido. Y cuando la realidad carece de sentido, es inevitable que aparezca para salvarte el sentido del humor.

11

Negacionismo

Negación, la primera fase de la teoría del duelo de la psiquiatra Elisabeth Kübler-Ross, uno de los modelos psicológicos más utilizados y conocidos. A esta le siguen la ira, la negociación, la depresión y la aceptación. Cinco fases que se suceden en mayor o menor grado siempre que sufrimos una pérdida. En una pérdida o cuando te saltas un *stop* y te para la policía para multarte como me pasó a mí hace algunos meses.

Fase 1. Negación

¿Esas luces que veo por el retrovisor son de la policía? ¿Qué quiere, que me pare? Bah, no puede ser.

Fase 2. Ira

¡Mierda, mierda, mierda! ¡No, ahora no! ¡Pero si yo no he hecho nada, si iba normal! Me cago en su…

Fase 3. Negociación

Buenas noches, agente. ¿El *stop*? Pues la verdad es que se me ha pasado, pero le prometo que no me va a volver a pasar, ¿vale? No hay necesidad de ponerme una multita, ¿no?

Fase 4. Depresión

Madre mía, otra multa. Qué dineral… Si es que no sé conducir. Qué despiste, cualquier día tengo un accidente grave. No cojo más el coche.

Fase 5. Aceptación

Nada, a pagarla, qué remedio. La vida sigue. Al menos no me han quitado puntos y retirado el carné, que necesito el coche para ir a trabajar.

No miento cuando digo que el diagnóstico del tumor de Antonio supuso, más que un jarro de agua fría, un alud de nieve por lo alto. Desde aquel «¿has oído lo mismo que yo?» que interpelé a mi mánager Arturo, me encontraba en plena fase de negación, aun sin haber sufrido una pérdida real todavía. Necesitaba explicaciones. Las exigía, mejor dicho. Antonio era un hombre que cuidaba su alimentación, hacía ejercicio con asiduidad, no fumaba, no bebía; en definitiva, una persona sana. ¿Por qué le pasaba esto a él? ¿Qué había hecho mal? Alguna causa debía haber. ¿La contaminación? ¿El estrés? ¿Qué había ocurrido? Me negaba a creer que fuera fruto de la mala suerte. Me había invadido el negacionismo, tan de moda hoy. Estaba a días de decir que la tierra era plana y el coronavirus un *resfriadinho*, como Bolsonaro. Lo cierto es que en busca de respuestas acudí incluso a una vidente que, al echarme las cartas, me lo dejó claro: el mal de ojo había venido de África. Primero pensé en la muñeca de vudú. Con más calma también pensé que podía haber visto el programa de Jesús Calleja y saber que tenía una y vio el cielo abierto para emitir su reveladora visión.

Como es frecuente en mí, tenía la mente abierta a cualquier explicación. No sé bien el motivo, pero a menudo veo señales que me hacen decantarme por el camino que debo elegir. Bueno, menos la señal de *stop* de antes que no había visto. Sin ir más lejos, os contaré una.

Tras constantes idas y venidas, Antonio se decidió a mudarse conmigo a Villaviciosa de Odón cinco meses antes de su diagnóstico. Para ello tuvo que aprobar primero unas duras oposiciones para trabajar en el Ayuntamiento. Llamadlo brujería, llamadlo casualidad, pero mi argumento principal para convencerlo siempre era el mismo:

—Antonio, tienes que venirte a Madrid, porque si enfermas, yo tengo que estar a tu lado para cuidarte.

En esta ocasión presentí que debía contactar con mi amigo Rafael Santandreu para contarle lo sucedido y lo perdida y devastada que me encontraba. Le expliqué que tenía que grabar sí o sí los programas de *Got Talent*, un concurso de talentos en el que soy una de los miembros del jurado. Yo trabajo allí por mi humor, debo ser graciosa, ocurrente, y lo cierto era que no estaba en disposición de hacer reír durante horas. Para quien no lo conozca, cosa que me extrañaría, Rafael Santandreu es un importante psicólogo barcelonés, autor de exitosos libros, como *Nada es tan terrible* o *El arte de no amargarse la vida*.

Me había leído recientemente uno suyo y tuve la certeza de que, en ese caótico momento, él podía echarme una mano. Y él, a su vez, sabía que quien mejor me podía ayudar a gestionar mis emociones era Ana, especialista en psicología cognitiva que trabaja en su fundación. Ana no solo colocó una de las primeras piedras del primer escalón de la empinada escalera que me quedaba por subir, sino que ha continuado poniendo piedrecita tras piedrecita hasta el día de hoy.

La terapia psicológica es como el sexo, a cada una le satisface que se lo hagan de una manera; la manera no tiene por qué ser la misma toda la vida —un tiempo puede apetecerte de una forma y otro, de otra—; pero eso sí, a todo el mundo le hace falta. Sí, a todas y a todos, por h o por b. Si a la pésima educación de la inteligencia emocional que, por lo general, recibimos, le añadimos el darse de bruces con la pérdida de un ser querido, acompañar a un familiar con cáncer o el propio padecimiento de la enfermedad se vuelve indispensable.

Por desgracia, la psicología sigue siendo una ciencia profundamente estigmatizada. Hay gente que aún piensa que se trata de tumbarse en un diván de terciopelo para que un señor con chaqueta de *tweed* con coderas nos diga que todos nuestros problemas parten de que deseamos acostarnos con nuestra madre. La sociedad alberga todavía un mayor número de complejos con la psicología que Edipo. Hoy continúa asociándose la realización de terapia psicológica con el padecimiento de una enfermedad mental. Solemos recurrir a ella como tratamiento en lugar de como un hábito saludable para conocernos mejor y aprender a gestionar las emociones.

Si leyendo estas líneas lo primero que pensáis es: «Pues a la que yo fui no me gustó nada porque...», no hacéis más que darme la razón. Buscad otro tipo de terapia con la que os identifiquéis más. Vamos a cinco dermatólogos en busca de segundas opiniones porque nos asusta que un lunar haya crecido unos milímetros y, sin embargo, no congeniamos bien con un psicólogo un día y castigamos a toda la profesión. O lo que es más español, hablamos de ellos sin haber ido en nuestra vida a uno.

Tuvimos nuestra primera sesión el 8 de agosto de 2019, dos días después de la intervención de Antonio. Obcecada en encontrar en su enfermedad un necesario determinismo, Ana le dio la vuelta a mi cabeza como si fuera una tortilla de patatas con una palabra. Me había encarcelado en un interminable por qué: por qué él, por qué ahora, por qué en esa parte del cuerpo, por qué maligno... La respuesta de ella fue:

—¿Por qué no?

Ese es el primer paso para la aceptación.

—¿Y por qué no puede o debe tener cáncer a pesar de todo?

Ana trabajó conmigo mayoritariamente para entender que la vida es como es, no como nos gustaría que fuera. Por muy sencillo que suene, se convierte en una verdadera epopeya si hablamos de una noticia tan abrumadora como la posibilidad de que el amor de tu vida muera. Siempre digo que la vida es como la marea, y unas veces te trae una lubina y otras, chapapote. No podía hacer nada porque no tuviera cáncer. Ya estaba allí. Cuando hablamos de aprender a aceptar un problema, hablamos de recibir con cierta indulgencia un acontecimiento nefasto que no posee marcha atrás. No me refiero a resignarse. No es dejarse llevar, hay que actuar para dejar de oponer resistencia a ese sufrimiento. Debemos asumir esa inevitabilidad e intentar ser felices a pesar de la forma en que se nos presenta la realidad.

En lugar de seguir buscando culpables enfurecida porque los planes no salían como yo deseaba o había previsto que sucedieran, opté por intentar vivir con la cabeza focalizada en el presente.

Como la operación y el posoperatorio habían sido satisfactorios según los médicos, decidí no esperar nada ni pensar a largo plazo. ¿Ahora qué hay? ¿Esto? ¿Pues para qué pensar en lo que puede ocurrir después si no ha pasado aún? ¿Para qué anticiparse a un suceso fatídico si no existe todavía? ¿Para qué temer una posible reproducción del tumor en un futuro si ahora mismo está libre de células cancerosas?

—Disfruta de esta oportunidad que te ha regalado la vida —me dijo Ana.

Y a eso me dediqué, a continuar disfrutando de la vida como siempre había hecho, solo que saboreando cada minuto un poco más. Llevaba razón, era una oportunidad. No había fallecido en el acto en un accidente de coche, en el peor de los casos, la vida me regalaba más tiempo para pasar junto a él.

Conseguía cuadrar los intervalos entre sesiones de quimioterapia y los días libres de mi trabajo para organizar una escapadita a un balneario. Antonio parecía rejuvenecer con cada sesión de *spa*, le sentaba de maravilla. Hicimos un verdadero circuito por varios rincones de España e incluso fuimos a uno en Suiza para, de paso, entre chorrito y chorrito, vigilar de cerca mis miles de millones que tengo guardados en un banco de allí. No puedo finalizar este libro sin darles las gracias a mis jefes de Telecinco por guardar tan bien el secreto. Me refiero a la enfermedad de Antonio, no a los millones de Suiza. Estoy bromeando, le estaré eternamente agradecida a todo el equipo de Mediaset por las facilidades laborales que me dieron desde el principio y por su integridad y empatía para no airear el estado de mi marido durante todo el proceso. Su ayuda ha sido una de las causas principales por las que he podido disfrutar plenamente de sus últimos meses.

Si todo el trabajo que realicé con Ana para aceptar la enfermedad de mi marido y valorar el presente imperfecto del indicativo del verbo me cago en mi mala suerte fue duro, supongo que el que hizo Antonio para mantener una estabilidad emocional regular fue infinitas veces más complejo que el mío. Los especialistas en psicooncología coinciden en que el paciente podrá enfrentarse mucho mejor a la realidad del cáncer cuando disminuyan sus problemas emocionales y, por encima de todo, en caso de sentirse abrumado hay que pedir ayuda a especialistas.

Me gustaría compartir con vosotros los consejos de la web de la AECC sobre una complicada tarea como es la gestión de las emociones de un paciente con cáncer:

Expresa lo que sientes

Ten en cuenta que la enfermedad y los tratamientos están provocando situaciones nuevas y difíciles. Sé tolerante contigo mismo y demuéstrate aceptación y respeto, incluso en los momentos en los que sientas mayor debilidad. Es la mejor manera de que la ira, el temor y/o la tristeza pierdan fuerza y comiences a tener un cierto control sobre ellos.

Comparte tus sentimientos

La alegría, el abatimiento, el enojo, el miedo, la sorpresa… son sentimientos que necesitan ser aireados. La mejor forma de conseguirlo es compartirlo con personas de confianza.

Déjate ayudar

Contener las emociones resulta inútil y aumenta la tensión emocional, por lo que el malestar acaba explotando de forma descontrolada (ataque de llanto, furia desmedida, etc.). Expresa tu malestar cuando este sea todavía de poca intensidad. Hablar te ayudará a darte cuenta de lo que realmente

te preocupa y te permitirá tomar la distancia suficiente para poder buscar una solución.

Controla los pensamientos

Las personas reaccionamos de diferente manera
ante una misma situación de estrés. No son solo
los acontecimientos los que causan las emociones,
sino también nuestra interpretación sobre ellos. Un
mismo suceso puede provocar emociones distintas,
según como se interprete. Aunque hay situaciones
muy problemáticas, suele ser el diálogo interno plagado de pensamientos negativos, poco realistas y
exagerados, los que crean y mantienen un sufrimiento innecesario. No anticipes problemas que no tienes la certeza que van a ocurrir. Cuando preveas que
puedes tener que enfrentarte a una situación difícil,
analízala de la forma más objetiva posible para buscar soluciones y prepararte para hacerle frente. Si no
te sientes capaz de enfrentarte a ella, busca ayuda.

Activa tu cuerpo y mente

Mantén la mente ocupada en actividades útiles y
agradables. La inactividad favorece la aparición de
pensamientos negativos.

12

El arte del buen morir

La medicina no es una ciencia exacta. Se basa en el método empírico, estudios epidemiológicos, observaciones clínicas y probabilidades de diagnóstico y tratamiento. Dos y dos no tienen por qué sumar cuatro. El cuerpo humano, a pesar de ser una máquina asombrosa, no funciona como un reloj, aunque muchos digan que ellos van al baño cada mañana como un reloj.

El tratamiento de Antonio había salido de la mejor manera y el posoperatorio superaba todas las expectativas. No obstante, con estas células dichosas nunca se sabía. Por mucho que me obligara a vivir el aquí y el ahora, ya me había enfrentado cara a cara a la muerte. No podía darle la espalda, debía seguir mirándola a los ojos, enfrentándome a ella, aprendiendo sobre ella.

Como decía el psiquiatra chileno Claudio Naranjo, todos nos vamos a morir y además recalcaba que lo íbamos a hacer bastante pronto. Pronto se refería en su discurso a varias décadas. Eso es pronto para lo que lleva este planeta orbitando alrededor del sol. Pero también pueden ser meses, días, horas. Una no elige cuándo se va a morir.

Me había dado cuenta de que —como la mayoría— había vivido de espaldas a la muerte. O bien negándola como si no existiera, o bien aterrorizada por ella. Haciendo como si no existiera. La muerte es una parte de la vida que todos afrontamos tarde o temprano y, por ello, debemos informarnos y prepararnos.

Entre los incontables libros de alimentación para pacientes con cáncer que leía, intercalaba en mi búsqueda ejemplares que iluminaran un poco mi camino, en lo que a acompañar a un paciente con una enfermedad grave se refiere, o que versaran sobre la muerte, sobre cómo enfrentarnos a ella, cómo aceptarla o si cabía la posibilidad incluso de que hubiese algo después. Tras mucho indagar di con uno que cambió mi vida: *El libro tibetano de la vida y de la muerte,* del maestro de meditación y lama del budismo tibetano, Sogyal Rimpoché. Un exhaustivo manual dirigido a personas de cualquier ámbito cultural, no solo a practicantes de la religión budista. Aúna los conocimientos clásicos del Tíbet con una investigación más moderna sobre la muerte, los moribundos y la naturaleza del universo, a fin de integrar las enseñanzas budistas a la vida cotidiana.

La forma de ver la muerte en el budismo es muy diferente a la cristiana, la más extendida en occidente. Si bien cree como el cristianismo que la muerte no es el final, no se interpreta como una pérdida, sino como una manera de avanzar hacia algo que desconocemos, pero más beneficioso para la mente. No es un acontecimiento triste, se festeja esta manera de trascender, dado que la muerte siempre viene a enseñarnos algo. Si no hemos aprendido en esta vida, lo tendremos que aprender en otra, por eso creen en la reencarnación. Una reencarnación basada en el conocimiento del espíritu. Es decir, lo que no hayáis aprendido en esta vida os toca aprenderlo en la siguiente. Ea, a repetir curso.

Para los que no tienen una concepción espiritual o no consideren el morir como una trascendencia espiritual, también aporta esta filosofía de vida o religión una serie de sabios consejos a los que se les puede sacar provecho. De hecho, una cita curiosa que encontré es de un maestro tibetano llamado Milarepa que lo resume todo en: «Mi religión es vivir y morir sin remordimientos».

Sogyal Rimpoché nos dice en su libro: «Según la sabiduría de Buda, realmente podemos utilizar nuestra vida para prepararnos para la muerte. No tenemos que esperar a que la dolorosa muerte de un ser querido o la conmoción de una enfermedad terminal nos obliguen a examinar nuestra vida».

Vivimos a un ritmo acelerado; es el modo de vivir que nos impone la sociedad de consumo y, como tal, se interioriza a todos los niveles. Solemos anestesiarnos acumulando cargos, relaciones, experiencias, sensaciones, de forma compulsiva para acallar las grandes preguntas.

El maestro budista se pregunta: «¿Por qué vivimos en tal terror a la muerte? Porque nuestro deseo instintivo es vivir y seguir viviendo, y la muerte es el cruel fin de todo lo que consideramos familiar». Quizás la razón más profunda de que la temamos es que ignoramos quiénes somos en realidad y no nos enfrentamos a ello. «... quedamos cara a cara con

nosotros mismos: una persona a la que no conocemos, un extraño inquietante con quien hemos vivido
siempre pero al que en el fondo nunca hemos querido tratar». Mirad, otro que sin decirlo me está dando la razón de que hay que ir a terapia a conocerse.

Para el autor: «La clave para encontrar un equi-
librio feliz en la vida moderna es la sencillez». En
esta época tecnológica enrevesada tratemos de
simplificar nuestra vida para dedicarnos al conocimiento o a los asuntos del espíritu. Pensamos que
si dejamos de aferrarnos a las cosas acabaremos sin
nada y parece ser que aprender a vivir es aprender
a desprenderse.

Reflexionar sobre la muerte provoca un cambio profundo en nuestro interior y nos hace contemplar con mayor pragmatismo qué estamos haciendo con nuestra vida. Dejemos de ver la muerte
como un acto terrorífico o morboso y comencemos
a verlo con verdadera naturalidad, como nos dice
Rimpoché. «¿Por qué no reflexionar sobre la muerte cuando estamos realmente inspirados, relajados
y cómodos, ya sea echados en la cama, cuando
estamos de vacaciones?». Esto está dándome un
poco la razón. Estos tibetanos lo relativizan todo, le
restan importancia a la vida aquí en la tierra, y ¿no
es eso lo que logra el sentido del humor, lo que

se consigue cuando reímos? A ver si reírnos de la muerte va a ser más útil de lo que imaginamos…

Asimismo, otra de las razones por la que nos angustia afrontar la muerte es que creemos que la vida siempre será igual. Es decir, negamos lo que los budistas llaman la impermanencia de las cosas. No, impermanencia no es lo que le entra a vuestra hija pequeña cuando patalea por un capricho que no le queréis comprar, eso es «impertinencia».

Y yo que creía que le temía a la «permanencia» que te intentan colar siempre las compañías telefónicas en los contratos…

La impermanencia habla de esa ley del universo que no cambia nunca: la de que todo cambia, nada es eterno. «En nuestra mente los cambios siempre equivalen a pérdida y sufrimiento […]. La vida puede estar llena de dolor, sufrimiento y dificultades, pero todas estas cosas son oportunidades que se nos presentan para ayudarnos a avanzar…», nos asegura el maestro tibetano.

Oportunidades para dar pasitos hacia un conocimiento emocional y una mayor aceptación de nosotros mismos. Además de una bella palabra, la impermanencia es un concepto aterrador o esperanzador según se establezca nuestro punto de vista. En mis constantes indagaciones digitales volví a toparme con ella. En esta ocasión apareció de la mano de un prestigioso doctor, Enric Benito, el cual hoy puedo decir que me salvó la vida.

Enric Benito, oncólogo y doctor en Medicina, la ejerció con gran prestigio durante la primera mitad de su vida. Trabajó a pie de cama, investigó sobre el cáncer y publicó numerosos artículos en revistas científicas de alto impacto. Su proceso personal le llevó a abandonar la oncología para sumergirse de lleno en los cuidados paliativos. Desde el año 1999 se ha dedicado a vivir, a investigar y a publicar en este ámbito, y ha llegado a ser un referente internacional. Ha sido consultor sénior en cuidados paliativos y coordinador del programa de Cuidados Paliativos de las Islas Baleares, y desde 2014 es miembro honorífico de la SECPAL (Sociedad Española de Cuidados Paliativos). Es profesor invitado de instituciones nacionales e internacionales —UCM, UAB, URLL, UFV y otras—. Su interés actual se orienta a la educación sobre el acompañamiento espiritual en el proceso de morir desde una perspectiva profesional, humanista y transconfesional.

Además de su actividad académica, promueve un cambio cultural para normalizar la muerte a través del proyecto *Al final de la vida* (www.alfinaldelavida.org). Aunque allí fue donde me empapé de su conocimiento, le conocí a través de varios vídeos suyos subidos a YouTube con más de ciento setenta mil visitas, titulados «El arte del buen morir». Trata de formar a las personas que preparan las maletas para este viaje —sean pacientes o familiares— y dar visibilidad a los recursos sanitarios, sociales y comunitarios existentes. Gracias a ellos, aprendí a gestionar mejor la enfermedad y el posterior fallecimiento de Antonio.

A juicio de Enric, la sociedad, en general, y muchos compañeros y compañeras de profesión que no han tenido la oportunidad de formarse en la materia, o que tienen una concepción equivocada, creen que el servicio de medicina paliativa es el lugar donde se derivan pacientes cuando están agonizando. El equipo médico de paliativos se encuentra a menudo con pacientes que fallecerán en veinticuatro o cuarenta y ocho horas, con poco margen de actuación para informar a la familia y ayudar con sus conocimientos.

Cualquier moribundo o moribunda no tiene que pasar obligatoriamente por la unidad de cuidados paliativos de un hospital. Tenemos la fea costumbre o el mal hábito de derivar allí casos que no son necesarios. Si tú como médico de atención primaria tienes a una paciente de ochenta años en casa con un buen soporte familiar, y miembros de la familia que saben manejar su medicación, lo mejor es cuidarla en el hogar. Únicamente requieren atención médica en hospital síntomas de difícil control por una patología de base, SDRA —síndrome de distrés respiratorio agudo—, dolores neuropáticos... O por otro lado, situaciones de impacto familiar donde hay problemas de relación entre sus miembros; o personas que, por desgracia, no disponen de cuidadores o de un entorno familiar siquiera.

Aparte de las demandas por falta de personal y exceso de carga de trabajo que padece casi la totalidad de la sanidad pública española, la SECPAL solicita para realizar una mejor labor profesional una mayor divulgación en la población de sus funciones y competencias que conlleve un avance en la demanda y la atención posterior de los pacientes. Esto correspondería a las autoridades políticas nacionales y autonómicas competentes, que como de costumbre parecen tomar medidas en cuestiones sanitarias sobre la marcha.

Desde su punto de vista es aún más prioritario que el debate de la ley de la eutanasia, por lo cotidiano del problema. Más del 50 por ciento de las personas morimos muy mal sin necesidad de ello porque no tenemos acceso a cuidados paliativos, principalmente por los motivos mencionados: la gente no los conoce bien; los médicos, a excepción de estos especialistas, no suelen recomendarlo cuando se debe por desconocimiento. Nos guste o no, se sienten social y médicamente marginados, en un segundo plano, como si fueran los raritos de la clase, por el mero hecho de ser una especialidad que a efectos prácticos «no cura a nadie».

A juicio de Enric, un hospital no es el mejor sitio para morir. Cuando lo conocí en persona y le pude preguntar acerca de esto me lo resumió de la siguiente manera:

—Los médicos no están preparados para lidiar con la muerte —me reconoció—. La mayoría están intentando que la gente no se muera a toda costa. Es como si una mujer está embarazada, a punto de ponerse de parto, y nosotros tratamos de impedir que se produzca. Rompe aguas y decimos «no, no, no, esto hay que volver a ponerlo en su sitio, hay que coser, no podemos dejar que nazca la criatura». Los médicos se encargan de poner sueros, oxígeno, antibióticos, etc. Pero no se nos ha enseñado a mirar a las personas, solo a mirar enfermedades. Soy experto en pulmón, en hígado o en riñón, pero de comprender emociones, como el miedo o la incertidumbre, la inquietud de la familia, no sé casi nada.

Muchas personas se van de una forma abrupta, rápida, en un accidente fatal, pero a los demás nos dan un tiempo para prepararnos. Si ya comenzáis a peinar canas donde menos imaginabais que ibais a tener, sabéis de sobra que en esta vida casi nunca puedes elegir lo que te ocurre. Puedes elegir el modo en el que aceptas lo que te sucede y esto será lo que determine en gran parte cómo te encuentras.

Por su experiencia, Enric considera que este viaje final se nos suele hacer cuesta arriba e intentamos retrasarlo y evitar lo inevitable. En esta etapa tratamos de resistirnos, de luchar contra la realidad por miedo, y de este modo se hace más largo, más estresante, más complicado. Las personas que lo aceptan, que se entregan a lo desconocido suelen irse más en paz. Los familiares y amigos del que se va, además de la lógica tristeza de tener que despedirse, quedan impresionados por la experiencia cuando perciben que la persona se marcha con armonía, con una sensación de paz, de que todo ha ido bien. Produce bienestar no solo en el paciente, sino a su alrededor. Cuenta también que cada uno elige el camino que toma en este viaje: el abrupto, el de querer controlarlo y alargar así el proceso; o el de soltar, el de dejarse llevar, el de confiar. Para morir bien hemos de aprender a vivir bien. Ojo, vivir bien no significa hartarse de jamón ibérico y gambas de Huelva, ni tener un yate y dos mansiones. Eso es vivir de puta madre, que no es lo mismo. Vivir bien significa «cultivar la paz en nuestra mente y en nuestra manera de vivir», según Rimpoché. La diferencia está en el grado de confianza de la persona, así como en la calidad de las relaciones que ha desarrollado consigo mismo y con los demás. Einstein nos decía que había que elegir entre si vivíamos en un cosmos armónico o si, por el contrario, se trataba de un universo caótico. Es decir, si este universo es un lugar apacible, confortable o una amenaza constante. Este grado de confianza con el que lo afrontamos depende de la experiencia propia, de cómo cada uno se ha ido enfrentando a las crisis que ha padecido en su vida. Porque otra cosa no, pero crisis, estamos teniendo para dar y regalar. En definitiva, decidamos el camino que decidamos, nos damos cuenta de que hay un momento en que tenemos que aflojar la resistencia, soltar, permitir, dejar que pase lo que pase.

Enric hace alusión en sus vídeos a un aspecto que, a menos que hayáis estudiado medicina, imagino que ni os planteáis, y es que el proceso de morir es uno bien organizado. Con unos pasos sistematizados fisiológicamente, como el de nacer. Si uno sospecha que, al soltar, al perder el control, se hará daño, tendrá miedo, pues será más reticente. La desconexión, si se hace de manera progresiva, aparte de no ser dolorosa, sigue un orden, está estructurada. Puede doler la enfermedad subyacente que nos está afectando, pero para eso los médicos tienen muchos remedios. El sufrimiento lo ponemos nosotros, la resistencia a la aceptación de la realidad que se está imponiendo es evitable. Por eso lo más sabio es no enfrentarse a lo que se va a interponer.

Parece ser determinante para la aceptación de la muerte la armonía con las relaciones significativas que tenemos alrededor. A lo largo de la vida, como venimos a este mundo sin manual de instrucciones, todos nos hemos equivocado y hemos tenido que pedir perdón y perdonar alguna vez. Lo importante es llegar a esa etapa de la vida con la mochila descargada sin asuntos que resolver. A veces la gente sigue estando con alguien castigado en su corazón, lo que significa una carga que la impide fluir. Hacer las paces con vuestra biografía, reconciliaros con lo ocurrido, aceptar y perdonar historias que carecen de importancia, al fin y al cabo, es muy higiénico para poder soltar. Aceptar que la vida no son los días que faltan, sino la maravilla que hemos vivido hasta ahora.

El doctor Benito nos aconseja hacer una revisión benevolente de nuestro paso por este mundo, repasando momentos significativos y de cosas que dieron sentido a nuestra vida. Ya está bien de castigarnos con el látigo, de seguir culpándonos de todo, de sufrir. ¡Querámonos un poquito, aunque sea al final! Lo que hemos tenido, lo que hemos compartido, lo que hemos enseñado, el amor que hemos dado, el que hemos recibido. Todo esto desde la perspectiva de que ha merecido la pena aquello que vivimos. Desde la gratitud es bastante más fácil soltar.

Un importante mensaje que nos envía y que, *a priori*, puede sorprenderos igual que me pasó a mí, es que nadie se muere sin saber que se está muriendo. Dice que todos intuitivamente conocemos la proximidad del proceso del viaje y en las últimas horas las personas empiezan a desconectarse del entorno, a perder interés. Hay síntomas como los estertores que pueden ser desagradables para los que estamos acompañando, pero quien los está padeciendo no tiene ninguna percepción de ahogo ni de malestar porque está realizando un viaje hacia su propia consciencia. Esa paz con la que va encontrándose permite desconectar esa resistencia, la lucha que hasta ese momento había opuesto.

Basado en su propia experiencia, Enric sostiene que, a pesar de que la ciencia materialista no lo reconoce aún, la conciencia no se encuentra en el cerebro. Esta es solo una interfaz que permite la expresión de la conciencia, y en el momento de la desconexión desaparece el personaje que hemos interpretado; pero la realidad de lo que somos nosotros, no. El miedo irá disolviéndose a medida que nos adentremos en nosotros mismos en esta etapa que llamaremos agonía. Según vayamos acercándonos, iremos perdiendo interés en lo que dejamos atrás, como un bebé puede perder interés sobre lo ocurrido en el interior del útero al tomar contacto con el exterior del cuerpo de la madre. La ternura y el afecto de los seres queridos a nuestro lado son los mejores compañeros de viaje porque nos vamos frágiles, dependientes, igual que como llegamos. El niño está en el útero en un estado de silencio, armonía y confort del que prefiere no salir, es estresante. Si esto es cierto, imaginaos mi hija Anna con toda la fiesta que tenían en mi casa los de Navajita Plateá. ¡Cómo iba a querer salir del útero!

Aparte de coincidir en su concepto de la trascendencia de la conciencia, tanto *El libro tibetano de la vida y de la muerte* como Enric Benito mantienen otro punto en común: igual de importante que prepararnos para la propia muerte es ayudar a otros a morir bien. Cuando convivimos con un moribundo, como se suele llamar a la persona que se encuentra cercana a la muerte —aunque parezca despectivo, se dice así formalmente— nos afecta su situación, tengamos la relación que tengamos con él. Es imposible colocarnos un impermeable ante la presencia de la muerte. Hace aflorar todos nuestros temores. Así lo sentí yo y así parece ocurrir por norma, aunque lo desconociese.

El libro de Sogyal Rimpoché da una serie de consejos para acompañar a morir basados en su experiencia propia asistiendo a moribundos que coinciden en gran medida no solo con los de Enric Benito, sino con los de la comunidad médica menos espiritual. «Lo esencial en la vida es establecer con los demás una comunicación sincera y libre de temores». «Limítese a ser usted mismo, relajado y natural. Muchas veces la persona que va a morir no dice lo que desea ni lo que piensa, y las personas que la acompañan no saben qué decir ni qué hacer».

«Una vez se ha establecido la confianza, la atmósfera se vuelve relajada, y eso permite a la persona moribunda sacar a luz las cosas de las que realmente desea hablar». «Cuando el moribundo empiece por fin a comunicar sus sentimientos íntimos, no interrumpa, discuta ni reste importancia a lo que diga. Aprenda a escuchar y aprenda a recibir en silencio; un silencio receptivo y sereno que haga sentirse aceptada a la otra persona».

Tomémosle la mano y dejémosle hablar; la calidad de esta presencia en este momento de vulnerabilidad es decisiva.

Es posible que cuando menos lo esperemos el moribundo nos convierta en el blanco de su ira y reproches, por lo que no debe tomarse demasiado personal lo que le diga, pues se halla en la situación más vulnerable de su vida. Lo más importante es mostrar un amor incondicional, libre de toda expectativa. Amor y compasión son las piezas fundamentales de la comunicación con el moribundo. Una compasión no entendida como lástima, sino el verdadero reconocimiento de sus necesidades y dolor. Hacer todo lo posible para aliviar su sufrimiento.

«Es posible que tengamos una larga historia de sufrimiento con esa persona, es posible que nos sintamos culpables por lo que le hicimos en el pasado, o enojados y resentidos por lo que nos hizo ella».

Comprendo que no es fácil, pero el maestro Rimpoché nos aconseja que la miremos y pensemos que es igual que nosotros, con idénticas necesidades y con las mismas ganas de ser feliz, y evitemos el sufrimiento, con igual miedo y soledad.

La psiquiatra Kübler-Ross, la que enunció las etapas del duelo, también cuenta que su trabajo le ha demostrado que con amor incondicional y una actitud más comprensiva, morir puede ser una experiencia serena. Y Rimpoché asegura: «Como en todas las situaciones graves de la vida, hay dos cosas que resultan útiles: el sentido común y el sentido del humor. El humor es algo maravilloso para aligerar la atmósfera […] y romper la exagerada seriedad y la intensidad de la situación». Al final parece que no iba yo tampoco muy desencaminada con mis pamplinas. Refiere también que si somos personas espirituales con unas determinadas creencias, aunque nos salga de forma innata el predicador de la palabra divina, hemos de evitar por todos los medios inculcárselas al moribundo en este momento, sobre todo si se sospecha que es contrario a ellas. Nadie quiere ser «rescatado» con las creencias de otro. Tampoco intentemos ser demasiado sabios ni decir siempre una frase profunda digna de ser grabada en un sobre de azúcar de una cafetería. Solo hemos de estar allí tan plenamente presentes como se pueda. «Y si experimenta usted mucho miedo y ansiedad y no sabe qué hacer, dígaselo sinceramente al moribundo y pídale ayuda», aconseja el maestro tibetano. «La mayoría de la gente muere en estado de inconsciencia. Una cosa que hemos aprendido de las experiencias de casi muerte es que los pacientes comatosos y moribundos pueden tener mucha más conciencia de lo que ocurre a su alrededor de lo que nos figuramos. [...] Esto demuestra claramente la importancia de hablarle con frecuencia y con ánimo positivo a un moribundo o una persona en coma».

En caso de encontrarnos en un hospital hay que comunicarle al personal los deseos del moribundo. Con respecto a qué decirles a los hijos de la muerte de un familiar, lo más aconsejable es ser sinceros. Con delicadeza, pero con la verdad. No contarles «al abuelito se lo han llevado al cielo cuatro angelitos cada uno por una extremidad» porque puede que esos niños duerman atados a las patas de la cama de por vida. Hay que hacerles creer que la muerte no es extraña o terrorífica. A veces, la espontaneidad e inocencia con la que preguntan los más pequeños al moribundo puede incluso hacerle reír y aliviar el ambiente. Eso sí, después de producirse el fallecimiento, hemos de asegurarnos de que el niño recibe una atención y dulzura especial.

Si lo pregunta, estamos en la obligación de decirle que se está muriendo, de la manera más afectuosa y sensible posible.

Aunque tanto Kübler-Ross como Rimpoché como Benito han observado en la práctica que todos los enfermos saben instintivamente que se están muriendo y esperan que el médico o un ser querido se lo confirmen. Si nadie se lo dice, lo notan por el cambio en la forma que se dirigen a ellos, la falta para disimular, las caras llorosas…

Una vez hayamos completado lo anterior en la medida de lo posible, lo ideal es preparar un ambiente cálido, con una atmósfera lo más pacífica posible. Los maestros tibetanos aconsejan que estén presentes solo los familiares y allegados que no estén afligidos para no perturbar ese momento. Como es obvio, esto es muy complicado, y son conocedores de la dificultad de no llorar en el lecho de muerte de un ser querido. Su recomendación es que de hacerlo, intentemos que sea un tiempo antes del proceso de muerte, pero que de no poder evitarse, tampoco nos sintamos culpables por ello.

Busquemos y rebusquemos en nuestro interior si nos queda algo por decirle, algún sentimiento reprimido o lastimado por mínimo que sea y, por último, dejémosle marchar. Dice *El libro tibetano de la vida y de la muerte:* «En primer lugar, estos han de darle permiso para morir, y en segundo lugar han de asegurarle que saldrán adelante después de su muerte, que no debe preocuparse por ellos».

Hemos de insistir en lo que ha logrado y ha hecho bien para ayudarle a sentirse satisfecho con su vida. Pues es susceptible de tener elevados sentimientos de culpa. Ayudémosle a morir en el estado mental más sereno posible.

También Rimpoché nos ofrece la mejor manera de darle permiso para morir a la persona que amamos:

«—Estoy aquí contigo y te quiero. Estás muriéndote y eso es completamente natural. Le ocurre a todo el mundo. Me gustaría que pudieras seguir aquí conmigo, pero no quiero que sufras más. El tiempo que hemos pasado juntos ha sido suficiente, siempre lo guardaré como algo precioso. Por favor, no sigas aferrándote a la vida. Déjate ir. Te doy mi más sincero y pleno permiso para morir. No estás solo, ni ahora ni nunca. Tienes todo mi amor».

Me gustaría resumir el proceso de disolución de los elementos que explican los budistas. Aunque no se dispone de una evidencia clínica como tal, parece ser que estas fases suelen repetirse, aunque su duración difiere según el tipo de muerte. Dura minutos o segundos en caso de una muerte súbita, y puede alargarse durante días o semanas en caso de otros fallecimientos. Ellos la orientan en torno a la disolución de la vitalidad del cuerpo humano, basado en los cinco elementos que la componen: tierra, agua, fuego, aire y espacio.

1. Disolución del elemento tierra

En esta primera fase se denota que el paciente está inquieto, tiene necesidad de moverse, ponerse de pie… Tiene la sensación interna de que algo duro le está sucediendo, como una presión que le aplasta. Si no tiene fuerza para sentarse o ponerse de pie, suele hacer aspavientos, agitar los brazos… Se tiende a administrar sedantes para paliar esta fase, pero aunque los signos externos se calmen, las agitaciones internas permanecen.

¿Qué hacer?

Ayudarlo a incorporarse, apoyar la necesidad de movimiento. Dar pasos con él, ponerse de pie al lado de la cama… Debemos tener en

cuenta que la fuerza del enfermo está merma-
da, es recomendable tener una silla cerca para
que pueda sentarse tras unos pocos pasos.

Transmitir al paciente que las posibles sensaciones de presión que pueda sentir o incluso
ver no tienen fuerza sobre él, que pasarán, que
la presión se irá disolviendo. Hablar con él con
calma, con suavidad, pero con rotundidad y mucha claridad. Recordarle al paciente elementos
o valores que en el pasado le hayan aportado
seguridad, como la familia, su religión, las amistades, etc.

2. Disolución del elemento agua

En esta fase el paciente suele permanecer
tumbado, casi sin movimiento en la cama. Es
probable que tenga pérdidas incontroladas de
líquido por la boca, nariz u ojos. En los pulmo-
nes se suele acumular gran cantidad. A veces,
al paciente le cuesta toser o expulsar las secre-
ciones. Asocian esta fase a un miedo a estar
sumergidos en agua, a ahogarse y presentan
ganas de expulsar líquidos.

¿Qué hacer?

Continuar hablando al paciente de forma atenta, calmada, compasiva, aunque pueda parecer

que está ausente. Transmitirle la sensación de calma, de que sus miedos a morir ahogado son infundados.

3. Disolución elemento fuego

En la tercera fase el paciente suele expresar una gran cantidad de calor, con un aumento de la sudoración, pero con una piel incluso fría. Al igual que en fases anteriores se trata solo de síntomas externos, dado que el proceso de disolución de las constantes vitales está completamente en funcionamiento.

¿Qué hacer?

Si el paciente tiende a quitarse las mantas de la cama, ayudarle a colocárselas de manera que no tenga tanto calor o cambiarlas por sábanas más frescas. Limpiar el sudor y colocarle un paño de tal forma que no sienta que le está dando demasiado calor, o incluso sustituirlas por sábanas más finas.

4. Disolución del elemento aire

El proceso está ya muy avanzado, y el cuerpo y la respiración, muy débiles. La inspiración cuesta más que la expiración. A menudo hay fases de apnea —parada de respiraciones—. En muchos casos incluso la mirada se desvía hacia un punto elevado por encima de la cabeza.

¿Qué hacer?

Ya es prácticamente muy complicado hacer algo más allá de mantener la presencia. Podemos hablar con él con mucha calma, incluso con lentitud, inspirando confianza a la hora de soltar completamente su cuerpo, a dejar ir. Especificarle que lo que lo ata a esta tierra, su familia, sus amistades, estarán bien, que puede irse tranquilo.

5. Disolución del elemento espacio

Esta es la quinta y última fase: ha llegado la hora de morir. El paciente respira sus últimas inhalaciones. El corazón se para. Es posible que personas muy allegadas experimenten aún su presencia. Aunque sus constantes han cesado, parece percibirse.

Es el momento de cuidar, limpiar, colocar su ropa favorita en el cuerpo por familiares o cuidador profesional. En caso de fallecer en un centro sanitario, tanto el servicio del hospital como el funerario están acostumbrados a gestionar estos procesos con mimo y delicadeza, dejando un tiempo íntimo de velatorio, para acompañar o expresar la despedida interior de familiares con el ser que ha partido. En caso de que fallezca en casa, la legislación vigente sobre las horas que el cuerpo puede reposar en el hogar varía de lugar en lugar, por lo que hay que avisar a las autoridades competentes, asesorarse y evaluar la mejor opción para la familia y el fallecido.

13

La nueva percepción

Durante los meses que duró su enfermedad, Antonio estuvo trabajando sus emociones con Verónica Cantero, una biodescodificadora.

La biodescodificación no tiene nada que ver con poder ver el Canal+ sin agüilla. La biodescodificación o bioneuroemoción es un nuevo método para el bienestar emocional. Está basada en disciplinas científicas, filosóficas y humanistas que estudian las emociones y su vínculo con las creencias, la percepción, el cuerpo y las relaciones interpersonales. Ella trabaja de manera holística a través de un diagnóstico médico para descubrir qué mecanismos inconscientes, con los que nos hemos acostumbrado a actuar y que están de alguna forma acompañando a una determinada sintomatología, están empeorando la posible resolución de la misma. De este modo nos da la oportunidad de redescubrirnos y vivir nuestra propia vida en lugar de la que nos viene heredada y autoimpuesta. Por lo visto, todo ocurre debido a la capacidad de las células para tener memoria, para lo bueno y para lo malo. Esas conductas dañinas se quedan grabadas y causan, *a posteriori*, las mal llamadas enfermedades o sistemas de pensamientos enfermos. La buena memoria que tienen mis células y la mala que tengo yo para los nombres, que llamo a mi hija por el de todas mis hermanas antes que el suyo:

—Toñi, Loli, Sole… ¡Joé!, Anna, ven a la cocina un momento.

Por lo que me contó, Antonio estaba realmente contento con su trabajo, y siguiendo el consejo de mi nuevo amigo —por no llamarlo guía espiritual o maestro— Enric Benito, hice una vez más caso a mi intuición y decidí ponerme en manos de Verónica.

Hemos seguido trabajando, mayoritariamente, en lo que llaman el despertar la conciencia o la nueva percepción. Se podría resumir como un proceso de transformación personal para tomar conciencia real de una misma desde la coherencia y la claridad, un proceso donde resetear la mente es fundamental para mirarnos más allá de las etiquetas que nos hemos creado de nosotras. Un camino que, por mucha ayuda de la que una disponga, siempre terminará por recorrer ella misma.

Según esta disciplina, las personas tenemos dos formas de interactuar con la realidad. Por un lado, se encuentra la mente-errada, donde hemos creado un sistema de pensamientos que no nos beneficia y que, en algunos casos, podría ser el causante directo de patologías. Este sistema está dominado por la culpa, la separación, el juicio y la comparación; es lo que se define como el ego. No solo cree en el cuerpo olvidándose por completo de la mente y las emociones, sino que lo idolatra. Si nuestra felicidad depende de cosas externas, cuando no las tenemos no estamos contentos y cuando las tenemos nos invade el miedo a perderlas. En contraposición se encuentra la mente-recta, lo que llama Verónica el sueño feliz —la curación—. Una mente que trasciende al ego, focalizada, vacía, en paz, pero sobre todo una que nos permite el aprendizaje de toda experiencia que vivamos, que nos permite ser alumnos felices dentro de nuestra experiencia.

Esta definición de la mente es similar a la encontrada en los monjes budistas con los que

Verónica ha caminado. Sus enseñanzas explican que al morir, nuestra conciencia continúa y, por tanto, necesita una abertura para abandonar el cuerpo y poder salir por cualquiera de entre las nueve aberturas que tenemos. Te adelanto que ninguna de estas es la que te imaginas. La conciencia parece ser que continúa de una forma que se desconoce, más beneficiosa, pero continúa. En resumen: me encuentro con otra profesional de una rama diferente, con otra fuente de conocimiento que comparte esta visión del morir, como un proceso donde, tras el desapego del cuerpo, una parte de nosotros trasciende a un plano energético.

Con Verónica he aprendido que las vidas tienen muy poco de libre albedrío. Creemos que las decisiones que tomamos son libres, sin percatarnos de que estas vienen condicionadas por multitud de factores: creencias, prejuicios, tabúes y, sobre todo, aprendizajes y programas ocultos en el inconsciente. Sin darme cuenta, y seguro que también os pasa a vosotros sin que lo sepáis, tiendo a caer en los mismos conflictos interpersonales, aunque me esfuerce en cambiar mis relaciones con otras personas o en actuar de manera diferente.

El inconsciente es la parte del cerebro que actúa sin control de la consciencia. Este rige nuestras vidas, nuestras elecciones y decisiones, nos guía al escoger pareja, una casa, una vocación. No razona, es muy visceral. A menudo controla lo que nos sucede, sobre todo los acontecimientos impactantes e inesperados con una importante carga emocional que puede dominar la situación y grabarse en él. Es lo que intentamos conseguir en nuestras sesiones: una mente que acompañe a escuchar este inconsciente, a escuchar los dictados del corazón. Dejar atrás la pesadilla de la mente-errada que hemos ido construyendo con el paso de los años.

Paralelamente a este trabajo con Verónica, continué formándome con Enric Benito y aprendiendo sobre la muerte por mi cuenta.

Unos días después de fallecer Antonio, busqué hasta debajo de las piedras un contacto en común que me facilitara el número de Enric, para agradecerle la ayuda que me había prestado sin saberlo. Lo conseguí, faltaría más. A cabezona no me gana nadie. Además de expresarle mi eterna gratitud y mi más sincera admiración, estuvimos conversando largo y tendido sobre infinidad de temas —el acompañamiento, la muerte, la conciencia, la meditación…—. En los vídeos, me confesó, da solo una serie de consejos generales, huyendo de la subjetividad todo lo que se puede. Me guardo como un tesoro esa charla de principio a fin donde en confianza le sonsaqué su opinión sobre qué hay después de la muerte. A esa conversación le sucedieron otras, y a estas, algunas más hasta entablar la amistad que nos une hoy. Enric es una persona profundamente espiritual, practicante acérrimo de la meditación y, aparte de recomendarme vídeos suyos —los cuales ya había visto— en los que hablaba de la importancia de la meditación para la comprensión de una misma, me descubrió la figura y la obra del Brujo.

Rafael Álvarez, más conocido como el Brujo, es un actor de teatro, cine y televisión que lleva más de cincuenta años subido a los escenarios. Místico, profundo y con un gran sentido del humor, representa desde hace un año la obra *Autobiografía de un yogui*. Una adaptación del libro escrito por el yogui hindú Paramahasanda Yogananda, a quien, para más inri, Rafael considera su maestro. Él ha llegado a la conclusión de que después de lo que ha leído, escrito o viajado coincide con lo que muchos clásicos de la cultura han dejado presente en sus obras «el tesoro está en el interior», por muy lejos que nos vayamos a buscarlo. Cree en el poder de la cultura para poner al ser humano en contacto con la autoestima profunda que nos haga pensar que somos valiosos, que podemos enfocar la vida desde unos valores positivos, como la generosidad, la solidaridad, la superación. Considera que la suya no sería la misma sin la meditación.

Una vez más, el destino, el cosmos, el azar o como deseéis llamarlo, me unía a la cultura budista. Durante la enfermedad de Antonio, para calmar la vorágine de pensamientos en la que andaba inmersa cada día, comencé a meditar. Por suerte, el mundo se está familiarizando con la meditación. Ya no se considera un ejercicio que hacen cuatro *hippies* que se han quedado más p'allá que p'acá. Es una práctica cada vez más reconocida como beneficiosa para la estabilidad mental en la sociedad occidental, desligándose por completo del dogma budista. Beneficiosa si se hace correctamente, claro. No consiste en tumbarnos después de desayunar y cerrar los ojos para relajarnos. Eso de toda la vida se le ha llamado la siesta del obispo.

La meditación no trata de otra cosa que de permitir que nos encontremos con nosotros mismos. Aunque estoy segura de que más de una si se encuentra consigo misma, se hace la loca y ni se saluda. Meditar es trabajar en el control de la respiración para llevarnos al control de la mente. Consiste en vaciar esta, dejarla en completo silencio y, entonces, como dijo Buda, la mente se convierte en un espejo limpio que permite reflejar la realidad con nitidez.

Un reciente artículo científico señala que los cerebros hacen todo lo posible para evitar que pensemos en nuestra inevitable desaparición. La idea de morir va en contra de nuestra biología, que es la encargada de mantenernos vivos. Las religiones surgen para intentar consolar o integrar la idea de que la muerte es inevitable. La cultura es la expresión de algo que nos trasciende, es la forma en que los humanos hemos afrontado la angustia existencial, el miedo a dejar de existir. El papel de la meditación es establecer esa relación entre la mente y el cuerpo para revelar la experiencia de que la muerte física no afecta a la mente. El que haya meditado morirá alegremente, pues sabe que la muerte no existe, que la angustia existencial no es más que apego a la vida. Es paradójico, pero meditar en la muerte nos hace más conscientes de la vida.

El libro tibetano de la vida y de la muerte —la que os estoy dando con el libro, parece que me llevo comisión por promocionarlo— incorpora un capítulo sobre la importancia de la meditación y consejos para los no iniciados en la materia. «En la quietud y el silencio de la meditación, vislumbramos esa profunda naturaleza interior que hace tanto tiempo perdimos de vista entre la agitación y la distracción de nuestra mente, y regresamos a ella». Es decir, la práctica de la atención, de llevar la mente dispersa de vuelta a casa. El autor dice que cuando enseña meditación siempre empieza diciendo lo mismo: «Luego lleve la mente a casa, suéltese y relájese por completo». ¿De qué me suena a mí esto? Fue lo primero que pensé al oler la colonia de Antonio aquella noche en la playa veinte años más tarde. Era como Antonio me hacía sentir, en casa. Llevar la mente a casa es volverla hacia el interior. Lo que he entendido es que significa darse la vuelta sobre una misma como un calcetín para reposar en paz en un cajón de la cómoda de la conciencia. Creo que lo estoy empeorando con las metáforas.

Existen muchas maneras de presentar la meditación. La forma para el autor tibetano es: «Sentado en silencio, el cuerpo quieto, la boca callada, la mente en paz, deje ir y venir sus pensamientos y emociones, todo lo que surja, sin aferrarse a nada».

Se busca que por muy destrozados de trabajar que estemos, por muchas preocupaciones que tengamos, en ese ratito que nos dedicamos a nosotros mismos, una se contente sencillamente con ser. Otra forma de meditación se basa en reposar la mente sobre un objeto. El objeto no puede ser la almohada, que nos conocemos, debe ser algo que induzca inspiración. Se puede también practicar la unión de la mente con el sonido de un mantra. Mantra, no manta. Con r, entre t y a. Lo describen como aquello que protege de la negatividad, una frase, una palabra o un sonido. En el libro recomiendan repetir «Om Ah Hum Vajra Gurú Padma Siddhi Hum», pero yo os recomiendo buscaros otra más sencilla, que no suene cuando la pronunciéis como un módem estropeado. Elijáis una forma de meditar u otra, aprender a hacerlo es el mayor regalo que podéis haceros en la vida y sin gastaros un duro. Trascendiendo cualquier barrera cultural o religiosa, como ejercicio mental de concentración y estabilizador emocional.

El maestro Rimpoché escribe: «Me ha alentado ver cómo en estos últimos años se ha abierto en Occidente toda la cuestión de la muerte y el morir, gracias a pioneros como Elisabeth Kübler-Ross y Raymond Moody». «Los investigadores han observado una asombrosa variedad de cambios y efectos posteriores: una disminución del miedo y una aceptación más profunda de la muerte; una mayor preocupación por ayudar a los demás; una visión más cabal de la importancia del amor; menos interés por los logros materiales; una creciente fe en una dimensión espiritual y en el sentido espiritual de la vida, y, naturalmente, una mayor disposición a creer en la vida después de la muerte».

Me gustaría hacer un inciso para aclarar que cada cual es libre de creer lo que le dé la gana o lo que le pida el cuerpo. No quisiera repetirme más que el gazpacho, pero con estas páginas no pretendo obligar a que sigáis los mismos pasos que yo, ni quiero sentar cátedra, adoctrinar ni dármelas de nada. Puede que vuestra visión del asunto se encuentre en las antípodas de la mía y veáis inservible o ridícula mi información. Únicamente comparto mi viaje, mi experiencia, lo aprendido de especialistas en diversos campos durante estos dos años por si a alguien le sirviera de ayuda o empujón para comenzar a informarse y a afrontar una dolorosa situación similar a la que yo he sufrido.

Mi percepción de la muerte podría decirse que la ha terminado de definir la física cuántica. No os riais, cabrones o cabronas. Ya sé que suena a cachondeo que Paz Padilla diga que le gusta la física cuántica. Hasta este momento mis conocimientos en física cuántica se reducían a saber sobre Stephen Hawking y los agujeros negros por chistes que he realizado sobre el tema. Imaginaos el final... Ah, también me aprendí la tabla periódica de carrerilla porque me gustaba el profesor de Química. Eso no se me olvida ya en la vida. Ni la tabla ni el profesor. Sí que es verdad que tras ver documentales y leer artículos muy ilustrativos he aprendido un poquito y he conocido teorías que han reforzado mis creencias de lo que había descubierto por mi cuenta.

En la Antigüedad los filósofos pensaban que si le dabas una patada a una piedra y te dolía el pie era real porque te dolía. Eso era la realidad. Tócate los... Vaya trabajo duro el de los filósofos de la época. ¿Cuántas horas se tirarían cavilando para llegar a esa conclusión? Y lo que es más intrigante: ¿un filósofo se tiene que dar de alta como autónomo? Y dado que es imposible no pensar, ¿cuántas horas cotiza? Perdón, que me pongo a filosofar y sin cotizar. Quería deciros que durante estos milenios no solo se ha logrado demostrar que la materia está formada por moléculas y estas, a su vez, por átomos —y estos por electrones, protones y neutrones, y estos a su vez se subdividen nuevamente—, sino que la mayor parte del átomo está vacío. ¡Es tal el vacío que nada se toca en realidad, como mucho se repele por las cargas eléctricas! Si os creéis que tocáis un objeto, no lo estáis tocando, solo lo desplazáis como el maestro Yoda —el que se parece a Jordi Pujol de color verde— de *Star Wars* que empuja las cosas sin tocarlas, pero a pequeña escala. La física cuántica nace con su conjunto de leyes, hipótesis, ideas y opiniones discutibles sobre qué narices pasa en realidad en los experimentos subatómicos —a niveles mucho más pequeños que los átomos—.

Una de las ideas que me pareció curiosa es el principio de la superposición cuántica, que suena a película de ciencia ficción directamente. En él se afirma que una partícula concreta, por ejemplo, un electrón, existe al mismo tiempo en todos sus posibles estados y solo se materializará en el lugar exacto en que la buscamos. Es decir, que la materia existe solo cuando la interpretamos, porque puede estar y no estar a la vez, hay la misma probabilidad de que esté como de que no. No tiene nada que ver con mi cuñada, que no está en ningún lado y parece que está en todas partes. Se entera de todo, la hija de su madre…

Para entender que un objeto puede estar y no estar a la vez, no hay que pensar que las cosas son cosas. Todo lo que nos rodea no son más que posibles movimientos de la conciencia. En cualquier momento yo escojo entre esos movimientos para que se manifieste la experiencia de lo real. No existen cosas, solo posibilidades. Sé que ahora mismo cabe la posibilidad de que te aburras tanto que te quedes dormida y te golpee el libro en la cara, que, aunque no te estén golpeando sus moléculas realmente, duele un montón. Tranquila, que no me enrollo.

Uno de mis grandes aprendizajes ha sido este concepto de que «nosotros creamos la realidad que vemos». Parece ser que lo que vemos es fruto, entre otras cosas, de la experiencia. La experiencia no es conocimiento, es sabiduría. La experiencia de la muerte de Antonio me ha dado una sabiduría para crear una realidad de amor en lugar de crear una de sufrimiento, de tristeza, etc.

Conforme a estas teorías, unos investigadores norteamericanos tratan de construir una máquina de precisión para saber si el mundo físico tiene tres dimensiones, como lo vemos y sentimos, o es una ilusión, un holograma. Al final siempre volvemos a la misma cuestión: ¿vivimos en un mundo real o en una ilusión? Quizás seamos una proyección de nosotros mismos en un mundo que experimentamos como real.

El danés Niels Bohr descubrió que las partículas subatómicas, como los electrones o los fotones, se influencian unas a otras para siempre sin importar el tiempo. Los físicos más ortodoxos dicen, por el contrario, que esta cualidad solo es aplicable a partículas pequeñas o subatómicas. En el mundo de las moléculas y de los átomos el universo se comportaría normalmente siguiendo las leyes newtonianas. Es decir, se podría traspasar información entre universos y en el tiempo, pero no materia.

Alguna corriente científica opina que puede haber vida después de la muerte y que esta no existe. A esto lo llaman muerte cuántica. Es una de las últimas teorías de la física que viene a poner nuestras creencias patas arriba, y las mías concretamente. Según esta nunca deja de haber vida, solo se cambia la forma en cómo es percibida. La teoría del biocentrismo supone que la muerte es producto de nuestra conciencia porque sabemos que los cuerpos físicos mueren.

Yo ya no sé qué es real y qué no lo es, por mi madre. ¡Qué liazo! No obstante, sí hay importantes físicos teóricos que afirman que existen posibilidades de un estado conciencia diferente después de la muerte, que se puede conectar con nuestra realidad, al menos teóricamente con lo que sabemos hoy, tampoco soy yo quién para negarles nada. Si a esto le sumamos que aseguran que el tiempo no es lineal y que existen en teoría infinitos universos paralelos, apaga y vámonos. Es decir, que no hay ni aquí, ni ahora, ni presente ni pasado como tales, todo está conectado de una manera que ya no llego a comprender, os lo juro. Mi hermano Pedro, al que le encantan estos temas y busca información constantemente, me lo explicó con el arte que le caracteriza:

—Mira, Paz, aunque tú no te lo creas, hay infinitos universos como este, con infinitos Pedros como yo. Bueno, como este mundo y como yo, no, con infinitas probabilidades. Quiero decir que han tomado infinitas decisiones que los han llevado a otras realidades. En otro universo yo soy presidente del Gobierno, en otro soy piloto de aviones, en otro soy futbolista…, pero en este soy albañil, con to mis castas… ya me podía haber tocado otro trabajito en este universo.

Después de este maremágnum de conceptos y creencias, si tenéis curiosidad por saber en qué creo o no creo yo, o mi opinión con respecto a esta trascendencia espiritual tras la muerte de la que os hablo todo el tiempo, la diré. Auténtica exclusiva en riguroso directo. Ni *Sálvame* ni na. ¿Cuál es mi cámara, esta o aquella? Lista. Como es obvio, hoy creo a pies juntillas en esa trascendencia energética superior, o misterio del universo, que nos une tras la muerte y en el poder de la meditación para ayudarnos a conectar con una misma. De lo contrario no habría llegado hasta el punto de escribir un libro, si no pensase que puedo estar ayudando a personas al contar mi experiencia. Esta visión de la muerte no solo ha mejorado mi relación con ella en general, conmigo misma y con mi entorno, sino que me ha ayudado a aceptar la de Antonio con amor, sin miedo. ¿Si creo en Buda, Dios o cualquier otra deidad como parecen confluir todos? Eso no sabría deciros, no lo tengo tan claro. De que Antonio me acompaña y está de alguna manera presente en mi vida: estoy completamente segura.

14

Doña Lola

Dolores Díaz García nació un 14 de abril de 1928 en Arcavell, un pueblo del Alt Urgell en Lleida de apenas treinta habitantes. Un dato que no descubrimos hasta hace escasos años. Por aquel entonces era frecuente que las partidas de nacimiento contaran con numerosas irregularidades. Siendo un bebé de un año o año y medio, mis abuelos tuvieron que mudarse a Zahara de los Atunes, antes de recalar definitivamente en Cádiz. Su padre, Pedro, que era carabinero, fue destinado allí para reforzar la lucha contra el contrabando y la piratería. Como la mayoría de las personas de su generación, su infancia se caracterizó por el hambre. Me contaba que, por su edad, no fue tan consciente del terror de la Guerra Civil y los primeros años de posguerra. Tenía vagos recuerdos. El sonido de los disparos de fusilamientos en un monte cercano o el silencio generalizado sobre ciertos temas en público por miedo a posibles represalias. Lo que sí recordaba a la perfección era el hambre, la preocupación casi diaria por conseguir un plato por persona en la mesa. En más de una ocasión se colaron en algún campo, propiedad del terrateniente de turno, para robar gallinas o algarrobas, un alimento más popular por su alto contenido energético que por su sabor.

En definitiva, aprendió la dura tarea de sobrevivir antes que a leer. Se sentía muy orgullosa de su limitada formación: leer, escribir y las cuatro reglas —sumar, restar, multiplicar y dividir—. Pero que no os engañe su expediente académico, Doña Lola era un pozo de sabiduría. Sabiduría popular y sencilla. La que nadie te da y tienes que arrancarle por la fuerza a la vida. Una vida que no fue muy generosa con ella que digamos. Las circunstancias la habían obligado a convertirse en una mujer fuerte, de piedra, con carácter. Como si el destino le hubiera dicho: «Agárrate que vienen siete niños...». Escondía como podía sus miedos detrás de la catarata de alegría que todos veíamos. Para habernos criado sin un duro, tampoco hemos salido tan mal. Es cierto que los siete hermanos estamos un poco majaras. Vale, lo admito. Pero ha educado a siete personas sanas mentalmente, cariñosas, familiares, sencillas y con una gran fortaleza e inteligencia emocional para superar las adversidades.

Estaba tan acostumbrada a convivir con la ruina que nos hacía ver que los problemas económicos carecían de importancia. Conseguía que el día de los Reyes Magos fuera el más bonito del año. Esto no sería una novedad si no aclaro que a veces no teníamos regalos. Como el fantasioso padre que encarnó Roberto Benigni en *La vida es bella*, pero con mucha más gracia. Si el hambre agudiza el ingenio, no te digo ya la gracia.

Doña Lola era una de esas personas tocadas por una varita mágica. Un don que se les concede a unas cuantas afortunadas y afortunados. Un humor de un Cádiz de otra época. Del Beni de Cádiz, de Pericón, del Peña. Un humor que necesita de una velocísima maquinación en el cerebro para luego ejecutarse de forma calmada y reposada, evidenciando la superioridad intelectual con respecto a su interlocutor. Pa quitarse el sombrero. Si cualquiera de las estrellas del *stand-up comedy* global la hubiesen conocido, se asombrarían de sus conocimientos innatos sobre el *timing* o el *punch line* a la hora de contar una anécdota o soltar una ocurrencia en una reunión para doblar a todas y todos de la risa.

Por esto, mi madre era una persona magnética. Te atraía con su luz como un pez abisal de las profundidades marinas. Aunque fueras caminando en pleno agosto a la playa de Zahara de los Atunes, con prisas por soltar en la arena la sombrilla, la nevera, las cuatro sillas y los tres hijos, algo te obligaba a hacer un alto en tu camino para saludar a Lola, a Doña Lola.

Sin despegar el culo del banco de cemento alicatado con azulejos de la puerta de su casa era capaz de convertir lo que tú creías que sería un breve saludo en una conversación de horas. Cuando hablaba desprendía una ternura, una vitalidad y una espontaneidad que conseguía que prefirieras estar allí charlando que ir a la playa. Hacía sentir en familia a cualquiera que pasara, y en diez minutos había recopilado más información sobre tu vida de la que un agente de la CIA habría recabado en diez años de investigación. Era imposible que no cambiara la característica expresión facial de quien acaba de empezar sus vacaciones familiares por una sonrisa de oreja a oreja.

En resumidas cuentas, como el pez abisal, lograba que te introdujeras de manera voluntaria en sus fauces y acabaras dándole las gracias. Sin que te dieras cuenta, firmabas un contrato, acababas con unas suculentas ganancias, pero varias páginas de letra pequeña. Doña Lola te había obsequiado con su luz, su alegría, sus consejos y su sabiduría, pero muy probablemente, en su cálido discurso, había logrado camuflar alguna clase de burla sobre ti o tus acompañantes. Era su cinco por ciento de interés a plazo fijo a pagar en incómodos plazos. No obstante, era tan bonita y tan pura la luz que emitía que en el supuesto caso de que entendieras que estabas siendo víctima de su mordaz sentido del humor, en lugar de sentirte dolido, le cogías más cariño si cabe.

Del mismo modo que en el refrán «una de cal y otra de arena» me cuesta decidir cuál de las dos Lolas era más genuina: la mujer vitalista, cariñosa, desprendida y luchadora, o la ácida cómica capaz de agotar funciones durante semanas del Lope de Vega de Gran Vía, de haber nacido cincuenta años más tarde.

Un ejemplo para que os hagáis una idea del grado en que anteponía el humor a todas las cosas. Mi madre se fue a servir a una casa de Cádiz siendo una dulce e inocente jovencita, y años más tarde, siendo igual de joven pero algo menos dulce e inocente, conoció a mi padre en un baile, se enamoraron y comenzaron a salir. Para formalizar la relación mi madre le dijo a mi padre que deberían ir a su casa, al pueblo —Zahara de los Atunes—, para que conociera a sus padres, su familia y, por qué no, al resto de vecinas del pueblo. Como mi padre era cristalero, para causar una buena impresión a su llegada le pidió si podía llevar unos cristales para las ventanas de la casa. Eran para unos ventanales grandes, debían medir cada uno más de dos metros, algo que mi madre no podía permitirse pagar. A mi padre no le importó en absoluto, era su presentación en público. Él los regalaba.

El día en cuestión ataron los cristales con planchas de goma al techo del Seat 600 y, con mucho cuidado, condujeron hasta Barbate. Aún no estaba construido el puente sobre el río Barbate —qué bonita película— por lo que debían dejar allí el coche, cruzar en barca y, por último, montar en burro por la playa hasta Zahara. Tras la odisea de llevar los cristales en barca sin un rasguño y la imposibilidad de engancharlos al burro, mi padre optó por jalar de ellos por la soga que venían atados y empujarlos por la arena. Llegó andando a la casa de sus suegros horas más tarde después de arrastrarlos durante ocho kilómetros de playa y cargarlos sobre el hombro los doscientos metros que separan la playa de la dichosa casa. Al llegar y ver a más de treinta personas esperando que abriera la boca, solo fue capaz de decir un tímido:

—Hola, me llamo Luis Padilla, he traído los cristales que me pidió para la casa.

La carcajada general fue inmediata. Efectivamente, la casa era una choza sin ventanas.

Para que mi padre después de aquella cruel broma decidiera casarse y pasar el resto de su vida con mi madre, ya debía ser grande la luz que desprendía ella a su paso. Ni mis hermanos ni yo éramos capaces de mantener un secreto con ella. Bastaba un simple «cómo estás» para desahogarte hablando sin parar hasta verte en la obligación de marcharte o colgar el teléfono por alguna absurda obligación cotidiana. Era uno de los pilares más importantes de mi vida, quería parecerme a ella. Tener su fortaleza, su capacidad de sobreponerse a un palo tras otro sin perder el sentido del humor. A veces la llamaba llorando y acabábamos riendo por su culpa. Cuando lloro escucho su voz diciéndome:

—Paz, no llores más, que no es para tanto…

Era un espejo en el que mirarme y tampoco me hubiera importado arrastrar ese espejo por la arena de la playa ocho, veinte o cuarenta kilómetros, si así me aseguraran que hoy podría seguir mirándome en él.

No tenía miedo a morir, tenía miedo a dejar de vivir. Le daba rabia tener que irse. Amaba tanto la vida y la bonita familia que había conseguido construir que, realmente, era un fastidio tener que abandonar la fiesta ahora. Desde hacía años odiaba su cumpleaños. Se lo tomaba como el recordatorio de la alarma del móvil que te dice «la alarma sonará en cuatro horas y cuarenta y siete minutos».

—Cállate, ya sé que voy a dormir poco, déjame disfrutar.

El 6 de enero de 2020, con noventa y un años, su agotado esqueleto no pudo sostener su peso más tiempo. Su cadera derecha se fracturó haciendo que cayera al suelo de su dormitorio. A raíz del imprevisto, fue apagándose lentamente hasta que un mes más tarde, Doña Lola nos dejó. No sin antes regalarnos una última anécdota que resume a la perfección su actitud ante la muerte.

Cuando ocurrió el accidente la noche de enero en cuestión, por una causa o por otra, no estábamos ninguno de sus hijos en Cádiz. Su cuidadora llamó asustada a mi sobrino, que era quien estaba más cerca del domicilio. Al llegar, la vio sentada en el suelo, agarrada a los pies de la cama sin quejarse lo más mínimo, con lo que eso tiene que doler...

Mientras la acomodaba esperando a la ambulancia y hablaba con ella, se fijó en su mirada. Miraba como si supiera antes que ninguno de nosotros que de esa no salía. Había llegado la hora. No le dolía ni la cadera. Qué coraje irme ahora, joé. Acostada en la camilla, antes de abandonar el edificio en dirección al Hospital Puerta del Mar, alguien del equipo médico le preguntó:

—Dolores, ¿piense a ver si se olvida alguna cosa que pueda necesitar en el hospital? ¿Necesita coger algo?
—Sí, espera. Paco —a mi sobrino—, tráeme los condones de la mesita de noche.

Eso sí que es genio y figura hasta la sepultura y no yo. Sufriendo un dolor inimaginable y siendo consciente de que el final era casi inminente, lo primero que se te pasa por la cabeza es responder con un chiste para deleite o asombro de doctoras y enfermeros. Los cientos de personas que estuvimos en tu velatorio, Lola, comprendimos por fin tu rabia. Cuánta gente vino a despedirse. Cuánta gente te amaba, te admiraba, te echa de menos. Cuántas personas contándonos anécdotas tuyas. Y qué pechá de reír nos dimos. La que te perdiste. Normal que no te quisieras ir, si siempre nos meamos de risa cada vez que nos juntamos los siete hermanos, sus parejas, sus hijos, los amigos, los amigos de los hijos, los amigos de los amigos...

El ambiente era tan familiar, se respiraba tanto amor, que te imaginaba allí sentada en tu sillón de mimbre —con doble cojín para que no te doliera la cadera— al más puro estilo *Mamá cumple 100 años*, de Carlos Saura y Rafael Azcona. Contemplando la escena; analizando lo poquito que veía; echando de menos a algún hijo que no ha podido venir; o contestando al que se acercara a saludarte y agradecerte lo bien que se lo está pasando, con alguna perla de las tuyas para que se descojone. Como en Nochebuena o cualquier fiesta en el patio de la casa de Zahara. ¿Y ahora qué hacemos, Lola?

15

¡Qué lástima de ella!

Antonio falleció el 18 de julio de 2020, cinco meses después de que lo hiciera mi madre. En cierto modo, la muerte de mi madre pareció presagiar mi futuro: mismas personas, mismo lugar, diferente muerto. No puedo negar que durante su entierro no se me pasara por la cabeza la posibilidad de regresar de nuevo a aquellos fríos sillones de polipiel, si a las células cancerosas les daba por volver a reproducirse en el cuerpo de mi marido. Lo que nunca imaginé fue que elegirían la mañana siguiente para dar muestras de su nueva existencia. Un día después del entierro de mi madre, Antonio volvió a tener episodios de mareos, alteraciones en la visión y dificultad para expresarse.

La muerte de una madre y la de un marido son pérdidas completamente distintas. No me gusta la expresión «es una muerte más natural» porque no hay nada más natural que la muerte por sí sola, se tenga la edad que se tenga. Prefiero emplear la expresión «es más probable».

Como leí una vez, un recién nacido ya tiene edad para morirse. En mi caso, la diferencia fue que para cuando falleció Antonio le había perdido el miedo por completo a la muerte y a ello, sin lugar a duda, había contribuido el fallecimiento y posterior duelo de mi madre. Hay que ver, Lola, nos has ayudado a ser más fuertes hasta sin querer…

El principal motivo que ha diferenciado ambos duelos ha sido la manera en que me he encarado a ellos. Un duelo pone de manifiesto la forma en que nosotros afrontamos nuestra futura muerte, no solo la pérdida de un ser querido. Rafael Santandreu habla de que los duelos duran lo que tardamos en aceptar la pérdida. No existen fechas preestablecidas para cada uno, ni tiene por qué durar obligatoriamente más el de un marido que el de una madre. Son procesos independientes, en momentos distintos de la vida, aunque los separen unos meses. No es como una tabla de precios de un restaurante —«Tenemos Duelo de madre a seis meses; Duelo de padre a cinco meses; Duelo de un hijo, nueve meses; Duelo de tu hijo (al que quieres un poquito más que al otro) once meses...»—. Tampoco se multiplican, no siguen una progresión exponencial —«Duelo de madre y marido: duele el doble. Si le añadimos un tío tuyo: dos por tres, igual a seis. Duele seis veces más...»—.

Los médicos suelen establecer en doce meses —de manera orientativa— la barrera que separa el duelo natural de uno patológico. Sin embargo, esto no quiere decir que se torne enfermizamente doloroso después de ese límite si no poseemos una formación emocional adecuada. En caso de sentirnos sobrepasados por la situación, es más que necesario pedir ayuda a un profesional especializado en duelo antes de sucumbir y vernos envueltos en un círculo vicioso de angustia y dolor.

Debemos admitir que no todos aceptamos una muerte de la misma manera. Mi psicóloga me ponía de ejemplo cómo en una misma familia cada hermano podía vivir el duelo de su padre completamente diferente. No se quiere más al fallecido por pasarlo peor o estar más triste durante más tiempo. No hay un contador de lágrimas con correlación proporcional al cariño. El «a ver quién lo tiene más largo» —el duelo, me refiero—, aparte de insano, es una completa estupidez. Dejemos de comparar duelos, por favor. Y mucho menos atacar a otra persona porque vive ese proceso de aceptación de distinta manera. Hay que realizar un esfuerzo por entender las posibles causas por las que otra está llevando el duelo de modo diferente e intentar ayudar en la medida de lo posible. Ni mejor ni peor.

Desde el mismo velatorio de Antonio me he sentido cuestionada por muchos por la forma de llevar mi duelo. He tenido la oportunidad de realizar un trabajo previo preparándome con especialistas que me han permitido afrontar su muerte. Si hubiese sido una muerte repentina, brusca, sin previo aviso, estoy completamente segura de que mi estado anímico actual sería otro. Sirva de ejemplo la abismal diferencia entre los duelos por mi padre y por mi madre. La diferencia no radica en que fuera veinte años más joven o menos fuerte mentalmente, sino en que poseía un mayor conocimiento del morir y un menor miedo a este.

Mientras que con la pérdida de mi padre hace veinte años parecía que se acababa el mundo, que no remontaría un bache como ese, de mi madre me despedí con amor y disfrutando del suyo. Sufrí incluso un poco más en el momento que con la de

Antonio, pero me despedí deseándole un placentero viaje.

Que yo me muestre feliz en un momento duro no indica que esté fingiendo, actuando ni huyendo de mi tristeza. He enterrado a mi marido hace meses, ¿cómo voy a estar? La tristeza no es un antónimo de felicidad. No son incompatibles, no por estar triste no puede una ser feliz. La tristeza es parte natural del proceso del duelo, y, como parte natural, debemos aceptarla, dejar de resistirnos.

Mi psicóloga, Ana, siempre me dice que no hay que rechazar las emociones negativas. Las emociones negativas sirven para adaptarnos. Debemos acoger la tristeza, pero no instalarnos en ella. No podemos ser una tristeza con patas. Se puede convivir con la tristeza. No es necesario privarnos de hacer cosas que nos gustan o de divertirnos con gente que queremos. Se puede estar triste y haber disfrutado de un día y haber reído sin parar. No hay que sentirse mal por ello ni hacer voto de silencio vestidas de negro durante años. Nuestra vida no se puede convertir en *La casa de Bernarda Alba*.

Por norma general, existe una absoluta inhabilidad para afrontar la muerte y el lugar por antonomasia donde se pone de manifiesto esta falta de destreza es en los velatorios. La causa principal de dicha inoperancia es, como os podéis imaginar, el miedo.

En el velatorio de Antonio yo era capaz de diferenciar quién se dirigía a mí con miedo y quién se acercaba con amor y compasión. Y creedme que no me equivocaba. En un año he visto pésames de todo tipo, se puede decir que tengo un máster y aprobado con matrícula de honor. La mayoría los habréis oído muchas veces: «Lo siento mucho», «No somos nadie», «Siempre se van los mejores», «Qué injusta es la vida, con la de cabrones que hay en el mundo»... Solemos tirar de frases hechas porque para decir unas palabras de corazón primero hay que pensar qué sentimos, qué nos produce la muerte, y a menudo suele repetirse la misma palabra: miedo. Hay ocasiones en las que fruto de los nervios decimos un disparate sin pies ni cabeza. A mí me llegaron a decir:

—Tss... Vaya, vaya, ¿eh?

Y se marchó. «Vaya, vaya». ¿Qué quería que le respondiese, «aquí no hay playa»?

Estas pifias se suceden básicamente porque carecemos de herramientas básicas para ayudar a otras personas en esa clase de contextos. Como se suele decir, si lo que vas a decir no mejora el silencio, es mejor permanecer callado. Lo único que necesita alguien que acaba de perder a un ser querido es cariño. Una pequeñita muestra del cariño que le va a faltar de esa persona que ya no está en su vida. Esto es tan fácil como tomarle la mano, abrazarla, besarla, acompañar en silencio. Mostrar amor y compasión de verdad.

Por otro lado me he encontrado con el extremo opuesto: conocidos lejanos que parecían más afectados que yo misma y que se desmoronaban como una magdalena en mis brazos por ese amigo tan bueno al que hacía años que no llamaban por teléfono. No estoy exagerando, ¿eh? Esto me ha pasado. Llegó un hombre que no conocía apenas, rompió a llorar en mis brazos, y al verlo mucho más afectado que yo me dio un poco de corte y me puse a llorar también para que no se sintiera mal mientras lo consolaba en voz baja diciéndole:

—Ya está, no te preocupes... —Ya se quedó tranquilo él. Mira tú qué apoyo el suyo.

También hubo gente que soltaba una especie de consejo imperativo. Alguien que venía y me decía:

—¿Cómo estás?

Y otra persona respondía:

—¿Cómo quieres que esté la pobrecita, qué lástima de ella? ¿Cómo va a estar bien?

Señora, déjeme decir cómo me siento.

Después empecé a llorar en un momento dado y una mujer me agarró el brazo y me dijo:

—Suéltalo to, hija, suéltalo to…

Mientras que otra, agarrada al otro, me pedía:

—No llores más, hija, no llores más…

¿Os queréis poner de acuerdo? ¿Qué hago?

Creo que la filosofía del duelo que más me gusta es la de mi amiga. Más por la salud emocional que lleva implícita que por su finura al hablar. Cuando le dijeron como pésame:

—Qué pena, Mari.

Su respuesta fue:

—¿Pena? Pena es tener coño y no tener faena.

Irrebatible. Esa misma amiga mía, de cuyo nombre no quiero chivarme, tiene otra anécdota que resume en una frase lo que yo he tardado un libro en explicar. Estaban incinerando a su hermana y como le parecía que tardaba mucho le preguntó al empleado del crematorio:

—¿Cómo va lo de mi hermana?
—Todavía queda un poco —le contestó el empleado.

Al rato, otra vez igual:

—¿Muchacho, cuánto le queda?
—Nada, muy poco, señora —dijo de nuevo.

Harta ya de esperar le gritó directamente al horno crematorio:

—¡Carmen, hija, lo que tardas, por Dios! ¿Que estabas mojá o qué?

Si eso no es perderle el miedo a la muerte…

Un hecho que me parece curioso es que desde que hice la entrevista en *Sálvame* a los meses de fallecer Antonio no dejan de regalarme libros de autoayuda. Os lo agradezco enormemente y comprendo que son muestras de cariño, pero ¿tan mal me veis?, ¿o es que me expliqué como el culo? Si precisamente quise hacerla fue para compartir mi experiencia, mi aprendizaje y hablar de la muerte de manera natural, sin miedo, con amor.... Por favor, no me enviéis más libros de autoayuda que ya me estoy autoayudando yo día tras días, de verdad. Me encanta sentirme tan querida, pero es que no sé ya dónde meterlos. Al final van a terminar regalándome mi propio libro para que aprenda de alguien que ha pasado por una situación como la mía.

Aparte de los libros, me han regalado todo tipo de visiones y sueños con Antonio. ¡La de gente que ha soñado con él! Uno lo ve en bañador, otro en traje de chaqueta... Parece que ya no es solo el hombre de mis sueños. Ha sido morirse e irse con cualquiera. Se ha tomado al pie de la letra lo de «hasta que la muerte nos separe».

Una mujer me contó que se le había aparecido en sueños y que le había dicho que no se había ido, que estaba entre nosotros por dos mujeres... Para hacerla sentir culpable y reírme yo un poco, me puse en plan dramática y le dije:

—O sea, que es cierto lo que sospechaba: tenía una amante…

La pobre no sabía cómo excusarse y alegar que ella estaba segura de que era por mí y por su hija. Y yo seguí:

—¡El cabrón, porque no puedo matarlo ya, que si no se iba a enterar…!

Un día, la directora del programa *Got Talent* me dijo que tras su actuación quería hablar conmigo una concursante cuya habilidad había sido lanzar flechas —muy malamente, por cierto; no acertó ni una—. Cuando llegó, vestida con el clásico atuendo de lanzadora de flechas, es decir, con lo primero que vio en el ropero, nos presentamos, me entregó una flecha y me dijo que había soñado con Antonio. Hay que ver, Antonio, que está en todos lados menos donde tiene que estar… Al parecer le pidió que yo buscara en internet «qué significa el número dos» y que me recordara que él me seguía llamando de esa manera, que solo él y yo sabíamos. No me dijo cómo, solo que nosotros lo sabíamos, pero ella no.

—¿Y la flecha? —le pregunté.
—Porque me ha dicho que te dé la flecha

dos. He lanzado tres y esta es la dos.

Y chimpón.

Yo alucino con la gente. Hay dos frases que os prometo que me dan ganas de mandar lejos a quien las dice. Una es: «Pobrecita, qué sola está ahora». ¿Pobrecita yo? Si tiro de agenda y le pregunto a cualquier amiga, a cualquier compañero o a mi hija ¿te vienes un fin de semana al Himalaya?, y ya está haciendo la maleta.

¡De tenerme pena por estar «sola» ni hablar! Esta sociedad tiene un pavor tremendo a la soledad, no sabe estar sola. A mí al principio me pasaba también. Veía a parejas felices cercanas a mí y me sentía incompleta, vacía. Sin embargo, al llegar a casa me sentaba a meditar y la conclusión a la que terminaba llegando era que todos y todas estamos solos y solas desde que nacemos hasta que morimos. No hay nada más sano que aprender a estar en soledad. Estar a gusto con una misma. Cuanto antes disfrutemos de nuestra compañía, mejor, porque para bien o para mal es para toda la vida. La soledad es buena. La soledad no es un fracaso, no es motivo de vergüenza. Además de utilizarse con connotaciones negativas, funestas, suele asociarse erróneamente a la soltería o incluso se intercambian ambos vocablos como si fueran sinónimos. ¿Por qué es tan necesario tener una pareja si conocemos casos de personas con ella que se sienten más solas que otras solteras? Eso por no hablar de la desigual visión de la soltería del hombre y la de la mujer. Ella es la solterona y él, el soltero de oro. Lo de siempre y una vez más.

La otra frase que no soporto es: «Antonio falleció tras una larga lucha contra el cáncer». El cáncer no es una guerra, es una enfermedad, a ver si nos enteramos. Comprendo que «estar librando la batalla del cáncer» es una metáfora muy vistosa como lema de una campaña publicitaria, pero ese lenguaje belicista puede convertirse en un arma de doble filo para pacientes y familiares si se comienza a perder. «La lucha contra el cáncer» es una frase hecha más de nuestro vocabulario cotidiano llevada a su máxima expresión por los medios de comunicación si la enfermedad es contraída por una persona famosa, a fin de multiplicar el tono épico de la noticia.

Del mismo modo que ningún marco puede ser comparado porque solo parecen existir «marcos incomparables», nada más que podemos «combatir» una patología. Nadie ha escuchado jamás:

—Mira a Juan, ahí donde lo ves, lleva meses inmerso en su lucha contra una almorrana. Todo un ejemplo…

Sin embargo, con las guerras se utiliza cualquier eufemismo para suavizar su crudeza: conflicto, misión de paz, ocupación… O mi favorito, una limpieza étnica en lugar de emplear genocidio, que lo hace parecer un tipo de tratamiento estético para tener un cutis más suave.

El cáncer es una enfermedad provocada por la mutación, el crecimiento y la dispersión incontrolada de células de nuestro organismo y, a pesar de la mejora diaria que se produce en su diagnóstico y tratamiento, no siempre responde de la forma que se presupone que debe hacerlo. De hecho, hay cánceres que en el momento en que se diagnostican están tan avanzados que no existe curación posible. ¿Ellos también han perdido una batalla o más bien les ha caído encima una bomba nuclear por las buenas? En la evolución de todo cáncer, aunque no nos guste, existe un porcentaje notorio de aleatoriedad y la metáfora de la batalla, a mi juicio, no la considera. Este aguerrido lenguaje puede ser una innecesaria carga añadida de responsabilidad para el paciente durante el tratamiento y concluir con la decepción personal en caso de que su cuerpo no responda al mismo. Hay médicos que aconsejan términos como «vivir» o «convivir» con cáncer para mitigar la posible sensación de fracaso ante posibles imprevistos.

Antonio no perdió la batalla contra el cáncer. Que falleciera no significa que no luchase lo suficiente o que tirara la toalla. Aguantó dolores insoportables, efectos secundarios de todo tipo, convivió conscientemente con la pérdida progresiva de las funciones cerebrales superiores y murió con la mayor dignidad que una persona puede morir. Murió en la cama de su dormitorio en paz, dejándose llevar, aceptando la muerte después de un trabajo psicológico bestial y rodeado de gente que lo amaba.

16

Tes quiero may lof

Los días con consultas de seguimiento de oncología para recoger resultados de pruebas no son un día más. Están señalados con varios rotuladores en el calendario de la cocina y con miedo e incertidumbre en el corazón. Se tienen durante las horas previas más conversaciones vacías y menor apetito del habitual. Una única pregunta, en todas sus formas posibles, no deja de rebotar en las paredes del cráneo como una pelota de pimpón. ¿Será hoy el día? ¿Será hoy el día que me dicen que me muero? ¿Saldrá la bala del revólver con el que me han obligado a jugar a la ruleta rusa? ¿Fijarán de una vez la fecha exacta de mi subida al patíbulo?

Y como la llegada de una orden de desahucio, te notifican que la enfermedad se ha reproducido y traspasado un punto de no retorno, y en un plazo de unos meses hay que desalojar el cuerpo. No hay tratamiento efectivo conocido para salvarle la vida. Hasta aquí llega la ciencia. Solo cabe esperar y paliar el dolor con fármacos y más fármacos. A todo el mundo nos llega ese día por mucho que lo evitemos y a Antonio le llegó.

Después de meses de efectos secundarios de una quimioterapia devastadora, de cuidarse al milímetro, de hacer todo lo que aconsejaban y más, simplemente, le tocó. Cuando esto ocurre y veo todo lo que sufrió, no sé si mereció la pena tantísimo tratamiento final o hubiera sido mejor haber pasado ese último acto de la tragicomedia preparándose para morir.

Llegados a este punto solo me quedaban dos opciones: o enfadarme porque mi boleto finalmente no había sido el premiado, o aceptar la mala suerte y aprovechar cada segundo que me quedaba con el amor de mi vida y ayudarlo a morir en paz. En mi caso, gracias al trabajo que había realizado, escogí el segundo. A pesar de lo doloroso de la situación, traté de ocultar delante de Antonio cualquier atisbo de tristeza para, como había aprendido con Enric, aliviar su angustia y posible miedo.

Nos comunicaron la noticia en febrero, justo antes del inicio del confinamiento impuesto para frenar el avance de la covid-19. Soy consciente de que aquellos meses no fueron fáciles para muchísimas familias de este país, pero para mí, siendo un pelín egoísta, debo decir que el confinamiento fue un verdadero regalo. Era como si el mundo se hubiera parado para que pudiera cuidar de él. Yo imploraba al cielo: «Por favor, Pedro Sánchez, alarga la cuarentena una semanita más». Nos creamos una burbuja. Nadie podía entrar, nadie podía salir. Gracias a la fortuna de tener mis necesidades básicas más que cubiertas, ese tiempo obligado sin tener que ir a trabajar, sin compromisos de ningún tipo, lo dediqué exclusivamente a Antonio. Desde que me despertaba hasta que dormía por y para su cuidado, minuto a minuto, volcando en él todo mi amor posible, hasta la última gota.

—Gordo, ¿te apetece comer?

Comíamos.

—Gordo, ¿nos tumbamos en el sofá?

Nos tumbábamos.

Me siento afortunada, no me puedo quejar. A pesar de todo el dolor sufrido y el vacío que ha dejado, soy afortunada. Pasé hasta el último segundo con él en nuestra casa, sin necesidad de ir a un hospital, donde no se muere igual, por muy amable y servicial que sea el equipo de la planta del centro. Se viva el proceso donde se viva, debéis saber que los servicios médicos de cuidados paliativos funcionan en este país a las mil maravillas. Se involucran desde el primer día, llamando periódicamente para preguntar por su estado, asistiendo a domicilio cualquier contratiempo que los familiares no sepamos resolver y acudiendo al instante con la ambulancia ante urgencias médicas que precisan de un tratamiento hospitalario. Se prodigan en explicar cualquier duda con infinita paciencia y ternura, y te informan sobre qué hacer en cada etapa del proceso. Un auténtico lujo.

En el caso de Antonio también gocé de la posibilidad de contratar un enfermero para la realización de los cuidados a domicilio. Un encanto de persona que me ayudó sobre todo a movilizarlo, asearlo y administrarle la medicación en sus últimos días, cuando había perdido la capacidad de caminar por sí solo. Antonio medía uno noventa y pesaba casi noventa kilos, no podía levantarlo sola. Estuvo para todo, hasta para soportar cuando bromeaba con Antonio esos días finales.

—Anda, Antonio —le decía son sorna—, aquí está el enfermero ese que te gusta a ti… Sí, no te hagas el loco, que me he fijado en que te pones nerviosito cuando llega y en cómo lo miras. No me digas que al final vas a ser gay, qué pena darte cuenta ahora…

Ese fue el único remedio que pude aplicar: humor y amor. Muchísimo amor. No sé cuántas veces pude decirle te quiero. Unas se lo decía hasta sin darme cuenta y otras se lo repetía cincuenta seguidas, como una metralleta. Te quiero y gracias, las dos palabras que, según el budismo, son básicas para trascender en paz.

—Gracias por lo feliz que me has hecho, cariño. Gracias de corazón. Te quiero, mi vida.

Y besos no sé cuántos millones pude darle. No me dejé ni uno en el tintero, sabía que luego me arrepentiría si no le daba todos los que podía. De lo único que me arrepiento es de no haber sido sincera con él.

Antes de su última semana de vida Antonio fue ingresado unos días y tratado con corticoides vía intravenosa a altas dosis. Nuestras conversaciones eran cada vez menos profundas. Su corteza cerebral no realizaba el mismo número de conexiones, no trabajaba con el mismo rendimiento. Después de ese tratamiento, se recuperó del todo. Antes del rápido deterioro final, como por arte de magia, volvió a pensar con claridad y volvimos a tener conversaciones enriquecedoras. En esos días, donde recuperó la conciencia de lo que estaba ocurriendo, me preguntó en varias ocasiones con plenas facultades:

—Paz, esto no va bien, ¿verdad?, me estoy muriendo, ¿no?

Creo que ahí fue cuando empezó a preparar las maletas para su viaje. Le fui leal y sincera durante toda la vida, excepto en ese momento. No fui capaz, no le pude decir a la cara la verdad. No tuve la valentía o la empatía para comentar con él ese proceso que se avecinaba y así poder aceptarlo juntos. No sé si me daba miedo hacerle daño o realmente era egoísmo y me daba miedo que fuera doloroso para mí. Siempre salía con evasivas:

—Antonio, no digas eso, no hay que adelantar acontecimientos. Estamos en el camino eso nunca se sabe…

Sí lo sabía, y Antonio tenía todo el derecho de

que fuera franca con él. Yo solo era capaz de asentir entre lágrimas cuando él se giraba en la cama y pensar: «Sí, te estás muriendo, cariño». Por favor, no cometáis el mismo error que yo. Lo más parecido a la sinceridad que conseguí ejercer fue dar un ingenuo rodeo para proponer un acuerdo.

—Gordo, si tú o yo nos morimos, para
que yo sepa que apareces o tú sepas que
aparezco, tú olerás mi colonia o yo la tuya,
¿vale?
—¿Por la colonia? De acuerdo.
—Sí, no me vayas a mover un cuadro
o a tirar un jarrón al suelo que, aparte
de cagarme en tus castas por partirlo,
Resty coge las maletas y se va de la casa
asustada.

Si finalmente es cierto que la muerte es solo una etapa, un despojamiento del cuerpo material, una nueva forma de estar a otro nivel energético, debía tener una contraseña que nos permitiera seguir en contacto. Como ya hemos visto que incluso la física cuántica no desmiente esta teoría, para mí, si eso ocurre, sería una manifestación de su presencia.

En sus últimos seis días de vida nos fuimos de viaje a Bora Bora. O al menos eso me pareció a mí.

Cuando su muerte era ya inminente, nos quedamos solos para despedirnos con tranquilidad. Fueron unos días preciosos. Como recomendaba Enric, dispuse el entorno para que Antonio se dejara llevar con la mayor armonía y tranquilidad posible. Luz tenue, incienso, música relajante de fondo, flores por toda la habitación, el trinar de algunos pájaros en el jardín y todo el amor que podía darle. Ya no podía contestarme, no era capaz de reproducir palabras, pero sabía que en ese estado tenía la comprensión intacta. Estaba demostrado. Le hablaba con naturalidad, con serenidad, más pausada que de costumbre, pero sin miedo. Antonio seguía siendo Antonio, lo único es que ya no se podía comunicar conmigo. Me dediqué a recordarle lo muy feliz que me había hecho sentir, los buenos momentos que vivimos juntos, y a decirle te quiero sin parar. Podía pasarme horas a su lado, disfrutando de su olor, sintiendo su piel, colocando su mano en mi pecho y la mía en el suyo para sentir cada uno el latido del otro. Únicamente fui capaz de sincerarme en ese momento.

—Gordo, ¿te acuerdas que me preguntabas si te estabas muriendo?, ¿tú ya lo sabes, verdad? —dije mientras las lágrimas me caían sin interrupción.

«Más vale tarde que nunca», pensé.

Antonio asintió con serenidad.

—Perdóname, no he sido valiente. No he tenido la valentía de decirlo. ¿Tú me perdonas, por favor?

—Por supuesto —fueron las dos últimas palabras que logró emitir. Una breve absolución cargada de amor y compasión.

Unos días después, cuando ya era inminente su trascender, me tumbé con él entre sus brazos, como había hecho miles de veces. Le acaricié el pecho y le susurré: «Ya cariño, ya. Tienes que irte. Te quiero, te quiero, yo estaré bien, todos estaremos bien. No te preocupes, gracias. Te quiero».

Minutos después de la muerte de Antonio nos reunimos en torno a su cama mi hija, mi hermana, mi cuñada, mi yerno, Resty y yo. Mi perra, Martina, saltó al lecho en un instante y se colocó entre sus piernas, mirándolo fijamente. Yo seguía abrazada a él, nos dimos todos las manos y nos abrazamos, deseándole un buen viaje.

A continuación, llamamos a los amigos más íntimos y nos reunimos en el jardín a brindar por él o, mejor dicho, ahora que sabéis mi concepción de la muerte, por su trascendencia. Brindamos por su descanso, por su persona, por su bondad, por el amor que le profesábamos y por lo feliz que nos hizo en vida. Mi hija Anna se encargó de aliviar la tensión con un chiste:

—Mamá, nosotros porque sabemos cómo entiendes la muerte y lo que lo amabas, pero como vengan los del SAMUR y nos vean brindando se van a pensar que lo has asfixiado con la almohada para quedarte su dinero.

Llamé a su familia y amigos, y nuestros más allegados que vivían cerca vinieron a despedirse. Los trabajadores del SAMUR acudieron minutos después y, en parte, como predijo mi hija, era cierto que tenían una actitud distinta a las nuestras. Las miradas tristes, rostros largos, apesadumbrados. Imagino que será lo que se considera normal en estas circunstancias, que lo harán por deformación profesional, y, cómo es lógico, ellos estaban igual de sorprendidos por nuestra expresión sosegada. Era tal el contraste que no entendía ni lo que me decían.

—¿Va a querer un Lexatin? —me preguntó la enfermera.

—¿Para qué?, si ya está muerto, ¿no?
—contesté señalando a Antonio.
—No, para usted, me refiero.

Minutos antes de llevárselo para la funeraria me dieron la oportunidad de despedirme de él. Al besarle esa última vez, la sensación fue bastante más fría de lo que esperaba. La mejilla que acababa de besar no era la de Antonio. Era similar, pero no era él. Era como besar un objeto inerte. Ahí comprendí de verdad lo trabajado con Ana en el plano teórico. Su carne, sus huesos, su piel, solo eran una funda, no eran mi marido.

Fueron estos mismos amigos quienes me ayudaron a hacer una limpieza exhaustiva con lejía del dormitorio. Tiramos cajas de medicamentos, pañales, las bombas de morfina, sacamos la cama con somier eléctrico articulado para darla a otra persona que lo necesitara… Me habían dicho que era necesario dejar el cuarto inmaculado para eliminar las malas energías y quedarnos con un recuerdo bonito. Despedí a mis amigos y me dispuse a preparar la maleta para viajar al día siguiente a Cádiz para su entierro. Teníamos que estar en la funeraria a las seis de la mañana para preparar el cuerpo para el viaje. A ver, no es que lo fueran a embalar en papel de burbujas, so brutos, sino que requería de un acondicionamiento del vehículo especial dado que el ataúd recorrería más de seis horas de trayecto.

Días antes había tenido que elegir el ataúd de entre un mar de posibilidades que ofertaba el catálogo. Quizás este fue el momento más chocante de todo el proceso. En el caso de mi madre estaba arropada por el resto de mis hermanos. Fue una tarea que realizamos en compañía y una vez fallecida. De caoba, de pino, de caoba pero el triple de caro por estar revestido con tela acolchada de no sé qué y detalles en oro… Nada más que le faltaba «elevatapas» eléctrico y GPS incorporado por si le diera por salir. Me pareció todo muy frío, angustioso. Además, soy Paz Padilla, una mujer famosa… ¿qué hago, me gasto un dineral que considero absurdo o el más barato, y que luego comente este por ahí que la Paz Padilla es una tacaña? Tampoco es que ayudara mucho que el de la funeraria llevara una mascarilla de calavera. Mi hija dijo:

—Ahí va, mamá, ¿has visto la mascarilla?
Eso sí que era *marketing*.

Era todo muy surrealista. La empleada que nos atendió, imagino que para dejar anotados los pormenores para el viaje a Cádiz, me preguntó tras el mostrador:

—¿Quieres que lo vistamos de algún modo
para verlo bien?

—¿Para verlo bien? ¿Tú has visto lo bueno
que está? Para verlo bien déjalo en pelotas
—respondí con espontaneidad a una que
se había quedado petrificada.

Cuando terminé de preparar los papeles, la maleta, las cosas de Martina, mi perrita, hablar con familiares y amigos por teléfono, me senté a solas en
mi jardín y recordé aquella conversación. No solo se
me vino aquella imagen. Fue imposible detener el
aluvión de recuerdos de Antonio muriéndose: los gritos de dolor, los estertores, los ojos sin vida de color
gris mate de los últimos días, la rápida disminución
del diámetro de sus brazos. Empecé a llorar y a gritar
sintiendo un dolor indescriptible que por suerte muy
pocos de vosotros habréis sentido. Lloré todo lo que
se suele llorar los días posteriores concentrado en un
breve espacio de tiempo. Parecía que me moría yo,
como si todo acabara en ese momento. Me caí al cés-
ped, me rompía en mil pedazos.

—¿Dónde estás? ¿Dónde estás, Antonio?
¿Dónde te has ido, Antonio? —salía de
mi garganta en forma de unos gritos
desgarradores como nunca antes había
oído a nadie, llenos de dolor.

Mi hija Anna acudió corriendo para abrazarme y quedarse junto a mí, sin decir nada, acompañándome en mi dolor. Al día siguiente me confesó que los gritos tuvieron que ser escuchados con seguridad por el vecindario. Y de repente me vino una ráfaga del olor superfuerte que me hizo temblar de arriba abajo. Era la colonia de Antonio, no me lo podía creer.

—¡Ay, gordo estás aquí! ¡Estás aquí!, ¡lo sé! —dije mirando al oscuro cielo. Oí su voz con gran nitidez en mi cabeza que me dijo:
—Paz, lo has hecho muy bien, yo también te quiero.

Me dio una serie de mensajes para que se los trasmitiera a su hija, a su exmujer, a su madre y a mi hija en el velatorio. Todos ellos cargados de amor, para superar el duro trago con la mayor positividad posible.

—Tienes que ser feliz, tienes que ser fuerte, Paz. Nos volveremos a encontrar. Todo lo que viene es social: el velatorio, el entierro… Tú y yo ya hemos vivido nuestra despedida.

Una sensación de bienestar y de paz inexplicable me invadió tras sentirlo junto a mí y escuchar su voz. Miré a mi hija, calmada como si fuera el dalái lama, y me dijo:

—Mamá, qué cague, ¿estás bien? Me estás asustando.
—Muy bien, Anita, es que Antonio me había hablado.
—Ojú... Bueno, venga, si tú lo dices. Vamos a acostarnos —me pidió mientras me abrazaba y acompañaba a mi dormitorio.

Le agradecí a mi hija ser una persona tan maravillosa y me dispuse a dormir en la misma cama en la que había fallecido mi marido horas antes. Sin embargo, no fue una experiencia para nada traumática, no tenía miedo. Me había quedado tan tranquila después de sus palabras que dormí como un bebé, por muy extraño que parezca. Feliz de que mi gordo por fin descansara de la agonía. «Ya está, Paz, toca descansar, mañana avisas a todo el mundo, hablas con todo el mundo». Sabía que el velatorio y el entierro eran para la gente, no para mí. Un protocolo social establecido de nuestra cultura para que se despidieran los que no habían tenido la oportunidad.

Más doloroso que el velatorio y el entierro se me hizo quitar su ropa de la casa días después. Lo necesitaba para aceptar su ausencia. Era la manera de terminar de cerrar el proceso. Significaba tanto para mí que me abrazaba a ella cuando llegaba de trabajar y lloraba horas seguidas. Junto a mi hermana Loli, distribuí las prendas en cajas de cartón, para repartirla entre sus hermanos, los míos, el novio de mi hija, algún amigo que pudiera tener sus gustos y su talla, y asociaciones de personas que las necesitaran. Solo me quedé un par de camisetas de recuerdo y un pijama. Yo lloraba diciendo:

—Gordo, tu ropa…

Al acabar, le pedí un tiempo para meditar a solas a mi hermana y ahí apareció de nuevo su olor y su voz dentro de mí, para disipar cualquier niebla diciéndome que no necesitaba nada, ningún objeto. Que solo eran cosas y las cosas no tienen vida ni importancia.

La misa del entierro se celebró, como él deseaba, en la iglesia de Zahara de los Atunes junto al cementerio donde fue enterrado. Yo quería transmitir a mi entorno mi estado de amor, de esperanza y la idea de que, a pesar de la tristeza, no había que sufrir más de lo debido.

Os dejo aquí el discurso que realicé en la iglesia. Aunque algunos fragmentos han aparecido en el libro, creo que es la manera más fidedigna de describir mi estado en ese momento:

> Me gustaría decir unas palabras porque es a lo que me dedico. Si fuera escultora le haría un busto, o si fuera pintora le haría un retrato como la Pantoja de Paquirri, pero soy humorista y lo que mejor se me da es hablar. En primer lugar, quiero daros las gracias a todas y a todos por estar hoy aquí despidiéndole y por formar parte de su vida. Él ha comenzado hoy su viaje más apasionante —de los pocos que pueden viajar con el coronavirus—.
>
> La vida no es lo que nos queda por vivir, sino lo que hemos vivido, y él deja un gran legado. Un gran legado que no un gran testamento. Durante su primer ingreso, tras el diagnóstico de la enfermedad, me despertó muy agobiado a las ocho de la mañana para decirme que la enfermera le había comunicado la noche anterior que lo operaban esa misma mañana. Me dijo que al escuchar la noticia, como la intervención era de alto riesgo, había escrito su testamento y me lo había mandado por *e-mail*. Al preguntarle a la enfermera me dijo que se trataría de una confusión, que no lo operaban ese día, pero ya me quedé pensando: ¿testamento? ¿Qué tendrá por ahí mi marido?... Yo he visto en las películas que el marido siempre se descubre después que tenía una cuenta y era millonario. Lo voy a abrir, a ver si es rico...
>
> Aunque estaba bajo los efectos del tratamiento, el testamento se entendía a la perfección. Empezaba

así: «Mari Paz, mañana me operan. Por si me pasara algo tengo que decirte que el coche lo tengo en el taller, está muy viejo, regálaselo a alguien porque no te van a dar nada por él. La moto también está en el taller. Dile a mi amigo Óscar que la desguace y la venda por piezas o que se la quede él. De la hipoteca me quedan treinta años, tengo dinero para pagar dos meses. El Vodafone que son sesenta y seis euros al mes, sí que está ya pagado».

Imagínate mi cara al verlo. ¡Esto no es un testamento, esto es un testamento de débito! ¿Dónde están los Rolex de oro y el dinero negro? El resto fueron unas preciosas palabras de amor hacia mí y su familia: «Muchos besos, Mari Paz, mi mujer, lo que más quiero y querré. Has sido mi mayor suerte en la vida. Es magia, nuestro amor será imposible de olvidar. Los viajes, las risas, las personas tan especiales que me has posibilitado conocer. Ha sido una suerte inimaginable poder disfrutar de tu cariño. Supongo habrá gente tan magnífica como tú, pero yo te juro que no la he conocido. Nadie ha disfrutado de esta vida como yo he podido disfrutar. Te quiero 🖤 💕 🙁. No me cansaría jamás de quererte ni de escribirlo eternamente. Te deseo que seas muy feliz y disfrutes de todas las vivencias y personas nuevas que vayas conociendo. Seguiría escribiendo toda la noche para decirte que te amo, y amo a nuestras hijas, nuestras familias y amigos. Te deseo todo mi amor y mi cariño. Te quiero».

Deja un gran legado de padre honrado a su hija, a

la que quería con toda su alma, e hizo cuanto pudo para que estuviera siempre bien. Fue un gran hijo, un buen hermano y un inmenso amigo, aunque no prestaba ni el cortacésped. Un gran esposo y mejor amante. ¡Lo que me arrepiento de todas las veces que le puse de excusa el dolor de cabeza! Con lo bueno y fuerte que estaba… Las angelitas tienen que estar frotándose las alas al verlo llegar.

Hay quien vive sin saber que va a morir y hay quien muere sin saber que ha vivido. Él ha tenido una vida feliz, sobre todo los últimos años, porque me encontró a mí. Estoy bromeando, pero la verdad es que la vida nos dio una segunda oportunidad. La primera vez lo dejé yo y la segunda él a mí. ¡Será rencoroso el tío! Se la tenía guardada…

El destino nos volvió a unir y vivimos el amor más puro y grande que nadie puede vivir.

Dicen que la vida es como una marea que unas veces te trae cosas buenas y otras se las lleva.

La vida me lo trajo y hoy, se lo lleva. Se lleva su cuerpo porque su alma y esencia sigue estando con nosotros. Todos estamos en este camino y todos emprenderemos este maravilloso viaje algún día. No debemos estar tristes porque él se va primero y nos reuniremos tarde o temprano con él. Y para los más agnósticos, si eso no sucede, al menos nos iremos de la misma forma y al mismo sitio.

Nos ha dado una lección a todos de cómo enfrentarse al fin de su vida. Haciendo lo que está en su mano hasta que no existe solución posible y aceptándolo posteriormente. Me ha dejado sobre todo dos tesoros de un valor incalculables: un amor inmenso y no tenerle miedo a la muerte. Murió en su casa, en su cama y en mis brazos. Yo sé que nos volveremos a ver, a abrazar y a darnos esos besos interminables donde todo desaparecía. Gracias por haberme acompañado en mi vida. Por haberme amado y cuidado como nadie. Por reconciliarme con el amor. Por haber respondido «sí, quiero» todas las veces que te pregunté si querías casarte conmigo.

Me dijo alguien que me ha ayudado a la hora de acompañar a Antonio a trascender: «Hay un tiempo para amar, un tiempo para reír, un tiempo para olvidar, un tiempo para llorar». Cada uno que viva su tiempo, pero yo lo voy a vivir como a él le hubiera gustado: con amor.

Debemos aprender a disfrutar del aquí y el ahora. Y pase lo que pase, no perder las ganas de vivir. Sé con seguridad que es lo que Antonio querría.

Y como a él le encantaba la serie *Vikingos*... ¡Antonio, nos vemos en el Valhala!

Después del discurso mi amiga Susana cantó a *cappella* el famoso bolero de Bobby Capó, que popularizaron Los Panchos, titulado *Piel canela*.

Para culminar la ceremonia bailamos unas cuantas personas la misma coreografía con la que entramos en el convite de nuestra cuarta y última boda, la canción *Manos pa´rriba*. Un chute de positividad y buen rollo. Acabó la canción, aplaudimos, y nos dimos abrazos y lloramos juntos. Al finalizar, mientras salían todos de la iglesia, el párroco, un hombre con un gran sentido del humor, se acercó a decirme unas palabras:

—Nunca antes había visto a tantas personas ateas prestando tanta atención a lo que se dice ahí arriba.
—¿No ha sido un discurso muy normal, verdad, padre? —le pregunté.
—No… Ha sido igual que tú. ¿Tú eres normal?
—No, la verdad es que no.
—Pues ya está, ha sido un discurso a tu manera, Paz…

Llevaba razón, no lo había visto desde ese punto de vista. Siempre he ido un poco a contracorriente, desde pequeña. Voy construyendo mi propio camino sin compararme mucho con las demás. Un camino a menudo poco ortodoxo pero puro, exclusivo, único. Me encanta vivir la vida, disfrutar de cada segundo. Cualquier pequeño logro se torna en una excusa para una celebración con la gente que quiero. No solo hice una fiesta en casa el día de mi parto, también cuando me divorcié o cuando la clase de mi hija hizo la comunión y ella no, también se celebró, ¿por qué no? El colmo fue abrir el bar Los Tunantes de Villa con mi sobrino y su pareja, en el pueblo donde vivo, Villaviciosa de Odón, para tener una excusa donde hacer fiestas semanales y no recoger después. Los ratos de risas que hemos compartido Antonio y yo en ese bar no pueden pagarse con nada.

Desde que recuerdo, me ha gustado celebrar la vida, la salud, el amor que profeso a mi familia, a mis amigos y amigas, compañeros y compañeras de trabajo y, en definitiva, a la gente maravillosa que me rodea. Y este año he aprendido a celebrar la muerte. A no tenerle el más mínimo miedo. A aceptar el inevitable curso de la vida. A acompañar en su viaje a los seres queridos con amor. Un amor puro, blanco, inagotable. A quererme y cuidarme. A disfrutar del mínimo detalle de belleza y de bondad del presente inmediato. Y lo que la experiencia me ha enseñado es que, para aprender tanto, lo único que no puedes olvidar es reír.

Sé que mis palabras sonarán extrañas una vez más, pero el entierro fue precioso. Fue precioso en el sentido más emotivo. Sentir que tantas personas lo querían de verdad es un rayo de luz un día cerrado y lluvioso. Me encantaría que mi entierro fuera así, que mis allegados se lo tomaran como una fiesta en celebración de la vida. He trabajado mucho para perderle el miedo a morir y que mi muerte sea bonita —que creo que lo será— y lo único que me queda es que la gente que quiero viva mi entierro con alegría.

Mientras nos dirigíamos caminando al cementerio saqué las flores de las coronas que le habían regalado, rosas de distintos colores en su mayoría, para darle a cada asistente una de recuerdo. Yo me hice un ramo de rosas rojas, el cual dejé secar y coloqué bocabajo en la entrada de casa. A la salida, recordé el viejo refrán que ya repitiera mi hermana Loli tras el entierro de mi madre: «Quien va a un entierro y no bebe vino, el suyo está en camino». De tal manera que al enunciarlo en voz alta, nos fuimos los familiares y amigos más íntimos derechitos a un bar a tomarnos una cervecita —respetando las medidas pertinentes por el coronavirus, claro está— y después a un restaurante a comer juntos. Una cosa es que no le tenga miedo a morir y otra que tenga prisa por que llegue.

Mi hermano Luis abrió su chiringuito, El Trompeta, para contemplar la puesta de sol de Zahara de los Atunes, que nada tiene que envidiar a la de las Maldivas. Nos dimos la mano y bailamos juntos mientras de fondo sonaba *Tes quiero may lof*, de La Canalla. La canción que sonó en nuestro primer y último baile nupcial, nuestra canción. Al finalizar volvimos a llorar de la emoción, abrazados, dándonos las gracias, deseándonos salud, alegría y repitiendo lo mucho que nos queríamos. Si Antonio estuvo presente, seguro que se sintió plenamente amado y orgulloso, y disfrutó viéndonos beber la vida y celebrar.

Recuerdo a Antonio cada día de mi vida. Por supuesto que lloro por su ausencia, es inevitable, lo extraño mucho, pero se puede decir que lloro de amor. Tengo un recuerdo feliz. He aprendido a transformar un recuerdo angustioso, con dolor, en uno bonito. Así que lloro, claro, pero de ser consciente de lo feliz que me hizo. Si veo una foto suya ya no le pregunto «¿dónde estás? ¿Por qué te has ido?», más bien le digo «qué guapo eras, es normal que estuviera coladita por ti. ¡Guapo!».

No hay que ocultar el dolor o el llanto, son procesos naturales. Recuerdo que de pequeña, me refiero a cuando tenía doce años, me encantaba jugar con las muñecas. Lo de pequeña es un decir porque ya medía casi uno sesenta. El cura de la iglesia el día de mi comunión llego a decir:

—Ahora por la mañana será la comunión y por la tarde la boda —de lo alta que era.

Por mi tamaño, mi padre decía que yo era demasiado grande para jugar con muñecas y mi madre le respondía:

—Déjala que juegue ahora, que ya tendrá tiempo de llorar cuando sea mayor.

Pues sí, Lola, una vez más no te equivocabas. Cada cosa a su tiempo y ahora es tiempo de cicatrizar con paciencia y amor esta herida.

Querida lectora o lector, como habréis comprobado, no le llego a Isabel Allende ni al tobillo, pero escribiendo este libro he puesto un amor y un dolor similar al que ella volcó en *Paula*. Si he conseguido sacaros algunas carcajadas; si os he incitado a reflexionar sobre la importancia de vivir, de lo efímero de nuestro paso por este mundo; si he logrado que aceptéis que debemos prepararnos para nuestras venideras muertes; si os ha ayudado algún consejo, aunque sea un poquitín de nada, en caso de estar atravesando una situación parecida a la que yo viví, me doy más que por satisfecha. Solo me queda por decir: muchas gracias de corazón por regalarme vuestro amor. Hasta que la muerte nos una.

Agradecimientos

Este libro surge de la necesidad de buscar respuestas a algo que no las tiene: la muerte. ¿Por qué nos hacemos tantas preguntas ante el fallecimiento de un ser querido? ¿Por qué? Y ¿por qué a él? ¿Por qué ahora? ¡Qué injusticia, se llevan a los buenos! ¡Con tanto hijo de puta que hay en el mundo! ¿Dónde se van? ¿Hay vida después de la muerte? ¿Nos volveremos a ver? ¿Por qué tantos porqués?

Hay miles de cosas que aceptamos al pensar que son naturales y no sabemos las respuestas, pero las admitimos de la misma forma que sabemos que el sol existe, la tierra gira y el ser humano respira.

Yo también tenía muchas preguntas y el universo me los puso delante para que absorbiera de su sabiduría. Enric Benito, Rafael Santandreu y Verónica Cantero, gracias por vuestra generosidad.

En esta búsqueda y aceptación me he encontrado con grandes apoyos y por ello también quiero dar las gracias a: mi hija Anna Ferrer, por ser un ángel fuerte y dulce; Encarna Benítez, por darnos la mano a los dos; mi más que hermano Arturo del Piñal, por ser el brazo donde siempre me agarro; Xoan Viqueira, por aparecer cuando más lo necesitaba; Susana Lavilla, por ayudarme a despertar la conciencia; nuestra familia, por darnos tanto amor; y, en especial, mi sobrino, Paco Gómez, que siendo médico ha aportado su mente científica, pero también su capacidad para hacer reír, alguien a quien me unirá para siempre un hilo rojo y un agradecimiento inmenso.

Pero la única razón de escribir este libro ha sido él, Antonio, contar nuestra historia de amor y poder mostrar que es hermoso acompañar a transcender, algo que te deja mucha paz en el alma y que te cambia la mirada ante la vida y la muerte. Porque he descubierto mi razón de seguir aquí: ayudar a los que lo necesiten.

Paz Padilla

María de la Paz Padilla Díaz nació en Cádiz en 1969 y se convirtió en Paz Padilla, cómica de profesión, en 1994 tras su intervención en el programa de humor *Genio y figura*. Desde aquel día, esta incombustible artista ha hecho de todo en el mundo del espectáculo, excepto dejar de trabajar.

Ha colaborado en un sinfín de programas de radio y televisión, como *Crónicas marcianas*, y ha mostrado sus dotes interpretativas en *El club de la comedia*; en series, como *¡Ala… Dina!* o *Mis adorables vecinos*; en largometrajes de la talla de *Cobardes*, o en aclamadas obras de teatro, como *Sofocos*.

Por si fuera poco, ha escrito dos libros: *Ustedes se preguntarán cómo he llegado hasta aquí*, en 2002 —basado en el guion de su obra homónima— y *Quién te ha visto y quién te ve, Mari*, en 2013. En la actualidad presenta el programa *Sálvame Diario*, aparece en *La que se avecina*, forma parte del jurado de *Got Talent España* y coprotagoniza la obra *Desatadas*. Si creéis que solo descansa en Nochevieja, os equivocáis, hay muchas probabilidades de que esté presentando las campanadas en alguna cadena.